KB262780

무정도 武情刀

임영기 新무협 판타지 소설

무정도 7

임영기 新무협 판타지 소설

초판 1쇄 찍은 날 § 2013년 12월 24일
초판 1쇄 펴낸 날 § 2013년 12월 31일

지은이 § 임영기
펴낸이 § 서경석

편집부장 § 권태완
편집책임 § 박가연

펴낸곳 § 도서출판 청어람
등록번호 § 제1081-1-89호
등록일자 § 1999. 5. 31
어람번호 § 제2-2442호

주소 § 경기도 부천시 원미구 심곡2동 163-2 서경B/D 3F (우) 420-822
전화 § 032-656-4452팩스 § 032-656-4453
http://www.chungeoram.com
E-mail § chungeorambook@daum.net

ⓒ 임영기, 2013

ISBN 978-89-251-3638-7 04810
ISBN 978-89-251-3463-5 (세트)

무도
무정
情刀

임영기 新무협 판타지 소설

7

눈물에 지다

FANTASTIC ORIENTAL HEROES

무정도
情刀

目次

第六十三章

일부당관만부막관(一夫當關萬夫莫關)

—한 사나이가 관문을 지키니 만인도 어쩌지 못한다

은조는 모친 여의천후 앞에 다소곳한 자세로 앉아서 고개
를 들지 못했다.

은조의 머릿속은 흙탕물처럼 혼란스러웠다. 조금 전 잠에
서 깨어 자신의 몸 절반이 쾌도비 몸 위에 올라가 있다는 사
실을 알고는 혼비백산했었다.

그녀가 봤을 때 자신의 몸이 쾌도비의 몸 위에 거의 엎드려
있는 자세였었다.

술이 몹시 취했다고는 하지만 절대로 있을 수 없는 일이 벌
어진 것이다.

　도대체 얼마나 마신 것인지 알 수도 없다. 수많은 대화를 나누면서 쾌도비와 요령이 죽어라고 마셔대는 바람에 그녀도 질세라 부지런히 마셨는데 어느 순간부터는 아예 기억도 나지 않았다.

　그들은 술을 잘 마시는데 술도 못 마시는 그녀가 어쩌자고 그들의 기분에 부화뇌동(附和雷同)한 것인지 아무리 생각해도 이해할 수가 없다.

　만약 여의사령이 깨우지 않았다면 그녀는 그런 민망한 자세로 계속 잤을 것이다.

　더구나 하필이면 모친이 그 광경을 목격했다니 쥐구멍이라도 있으면 들어가고 싶은 심정이다.

　그것은 평소에 모친이 익히 알고 있는 현숙하고 냉철한 딸의 모습이 아니라 그저 형편없는 술주정뱅이의 흐트러진 몰골이었다.

　사실 여의천후 손효랑(孫效琅)은 딸 은조의 그런 모습에 무척이나 놀랐다.

　어쩌면 태자 주청운이 강호와 전쟁을 선포하겠다고 말했을 때보다 더 놀랐을지도 모른다.

　그녀는 딸의 그런 참담한 모습은커녕 한 치라도 사리에 어긋나거나 정도에서 벗어나는 언행을 하는 것을 한 번도 본 적이 없어서 더욱 놀란 것이다.

하지만 모전여전이다. 은조의 차분함과 사려가 깊은 것은 순전히 모친을 닮은 것이다.

손효랑은 극심한 실망과 동시에 불같이 화가 났으나 딸을 나무라기에 앞서 딸을 그 지경으로 만들고 그녀를 안은 채 잠이 든 청년에 대해서 심각하게 생각할 수밖에 없었다. 딸을 흐트러지게 만든 장본인이기 때문이다.

그녀가 쾌도비에 대해서 알고 있는 것은 딸이 전서구로 보낸 한 장의 서찰에 쓴 내용이 전부였다.

"조아야."

"네, 어머니."

은조는 몹시 화를 낼 줄 알았던 모친이 차분하게 말하자 뜻밖이라는 듯 조심스럽게 그녀를 바라보았다.

"너 혹시 그 청년을 좋아하느냐?"

"……."

순간 은조는 모친을 바라보는 모습 그대로 얼어붙었다. 날카로운 비수로 심장을 찔린 듯한 느낌이다.

그리고 모친이 자신의 속을 훤하게 다 들여다보고 있는 듯한 기분이 들었다.

손효랑은 딸의 표정만 보고서 구태여 그녀의 대답을 듣지 않아도 될 것 같았다. 딸은 그 청년을 좋아하는, 아니, 이미 사랑하고 있는 것이 분명했다. 얼굴 표정이 그것을 대변해 주고 있었다.

"어머니, 무슨 말씀을……."

"됐다."

은조는 모친에게 내심을 들킨 것 같아서 좌불안석 어쩔 줄을 몰랐다.

"그는 어떤 청년이냐?"

은조는 모친이 이런 식으로 질문을 할 때는 뭔가 중요한 결정을 내리려고 한다는 사실을 알고 있다.

"그는……."

손효랑은 좀 더 노골적이고 구체적으로 질문을 바꾸었다.

"너의 남편감으로는 어떠냐?"

"……."

모친은 은조보다 저만치 앞서 갔다. 게다가 그녀의 말은 언제나 그녀를 놀라게 만들었다.

은조는 너무 놀라서 눈을 동그랗게 뜨고 모친을 바라보았다. 모친은 더 이상 묻지 않았다. 원래 그녀는 같은 질문을 두 번 반복하지 않는다. 그러니까 은조로서는 신중하게 대답해야만 한다.

은조는 눈을 깜빡거리면서 놀란 가슴을 진정시켰다.

"그렇게 한참 생각해야 할 정도의 청년이냐?"

"아니에요. 너무 놀라서……."

은조는 크게 한 번 심호흡을 하고 나서 공손히 고개를 숙이며 대답했다.

"제게는 넘치는 사람이에요."

뜻밖의 대답에 손효랑의 표정이 변했다.

"그 정도냐?"

"네."

"그는 너를 어떻게 생각하고 있느냐?"

모친의 그 물음이 두 번째 비수가 되어 은조의 심장을 찔렀고 보이지 않는 피가 흘렀다.

"그는 목숨보다 더 사랑하는 여자가 있어요."

은조는 거짓말을 하지 못한다.

손효랑은 슬쩍 미간을 찌푸렸다. 그녀는 천하를 통틀어서 자신의 딸보다 아름답고 잘난 여자를 본 적이 없었다.

오가기린(吾家麒麟)이라는 말이 있듯이 자기 자식은 다 예쁘고 잘나 보인다고 하지만, 아무리 냉정하고 객관적으로 평가를 해봐도 천하에 은조보다 터럭만큼이라도 나은 여자는 없다고 장담했다.

소문에 의하면 강남땅 곤명 남령부에 은조와 견줄 만한 절색미녀 자봉공주가 있다고 하지만 직접 본 적이 없어서 뭐라고 할 수 없다.

백 번 양보해서 단지 소문만으로 은조와 견준다면 겨우 한 명 자봉공주뿐이다.

그리고 그 자봉공주는 지금 천하에 휘몰아치고 있는 태풍의 눈이다.

손효랑은 마음이 몹시 언짢았다. 누구하고 비할 데 없이 잘난 천하절색의 무남독녀 외동딸이 짝사랑을 하고 있다는 사실 때문이다.

"포기해라."

손효랑은 딱 잘라서 말했다. 아니, 이건 명령이다. 짝사랑이라니 말도 안 되는 일이다.

"그럴 수 없어요."

그런데 지금까지 한 번도 모친의 말을 거역한 적이 없는 은조가 눈을 똑바로 뜨고 모친을 주시하면서 그녀보다 더 똑 부러지게 자신의 의사를 밝혔다.

"뭐라?"

"제 마음은 이미 정해졌어요. 그가 아니라면 어느 누구라도 쳐다보고 싶은 생각이 없어요."

"너 설마……."

손효랑은 어이없는 표정을 지었다.

"그놈에게 순결을 바쳤느냐?"

"어머니!"

얼굴이 빨개진 은조가 쌩하게 소리치자 손효랑은 그러면

그렇지 하는 표정으로 손을 내저었다.

"알았다."

늦은 아침 식사가 상다리 부러질 정도로 잘 차려졌다.

쾌도비는 아침 식사에 초대되어 요령과 함께 나란히 식당
으로 들어섰다.

상석에는 손효랑과 북천절 위융(魏隆)이 나란히 앉아 있고,
손효랑 왼편 앞쪽에 은조가 다소곳이 앉아 있다가 들어서는
쾌도비와 요령을 바라보았다.

은조는 쾌도비하고 순간적으로 시선이 마주쳤다.

쾌도비가 빙그레 미소를 짓는 것을 보고 그녀는 얼굴이 살
짝 붉어졌다.

하지만 그에게서 시선을 떼지는 않았다. 그런데 이상하게
도 그의 미소를 보는 순간 그녀를 뒤덮고 있던 불안과 긴장
따위가 일시에 사라지고 찬란한 무지개가 뜨는 것 같은 기분
이 들었다.

손효랑은 딸이 쾌도비를 보더니 정신 나간 것처럼 좋아하
는 것을 보고 슬쩍 눈살을 찌푸렸다.

쾌도비는 일신에 그가 좋아하는 새카만 흑의 경장을 입었
으며 어깨에는 창룡도를 멘 늠름하고 헌앙한 모습이고, 요령
은 언제나처럼 헐렁한 옷을 입었으나 지닌 바 빼어난 미모를

감출 수는 없었다.

그렇지만 손효랑과 위융, 은조의 시선은 일제히 쾌도비 한 사람에게만 집중되었다.

쾌도비를 주시하는 세 사람의 얼굴 표정은 각기 달랐다. 은조는 긴장한 중에도 수줍게 눈인사를 보내고, 손효랑은 뼛속까지 뚫을 듯이 쏘아보고 있으며, 위융은 감탄하는 표정으로 고개를 끄떡였다.

쾌도비와 요령은 나란히 서서 손효랑과 위융에게 포권을 하며 고개를 숙였다.

쾌도비는 은조에게 위융이 누구라고 귀띔을 들었던 터라서 제 딴에는 예의를 갖추었다. 그러나 요령은 그냥 건성으로 예를 갖추었다.

"아무 곳이나 앉게."

손효랑은 턱을 치켜들며 말했다. 그녀는 원래 차가운 성격에다가 목소리마저도 냉랭한 편인데 지금은 더욱 한기가 도는 목소리다.

그러면서 그녀의 턱은 은조의 맞은편을 가리켰다. 은연중에 그곳에 앉으라는 강압적인 뜻이 내포되어 있다.

그러나 쾌도비는 그녀의 뜻을 모르는 양 점잖게 은조 옆에 앉았고 그 옆에 요령이 촐싹거리며 앉았다.

은조는 모친의 턱짓을 쾌도비가 보고서도 그가 무시하고

태연히 자신의 곁에 앉는 것을 보고 기쁘면서도 불안한 마음
이 들었다.

"왜 거기에 앉는 겐가?"

과연 손효랑의 목소리에 칼이 들어갔다.

쾌도비는 태연하게 대꾸했다.

"아무 곳이나 앉으라고 하시지 않았습니까?"

손효랑은 얼굴로만 끙! 하는 표정을 지었다.

"하하하하! 천하의 손효랑 앞에서 추호도 기죽지 않다니
자네 배짱 하나 두둑하구만!"

위융은 고개를 젖히고 호탕한 웃음을 터뜨렸다.

손효랑은 다른 여자를 죽도록 사랑한다는 놈이 은조 옆에
앉는 것이 영 마뜩치 않은 얼굴이다. 그보다는 그런 놈을 죽
어도 놓치지 않겠다고 두 눈 파랗게 뜨고 말하던 딸이 훨씬
더 얄미웠다.

그녀가 보니까 쾌도비는 허우대만 멀쩡할 뿐이지 무공은
대단할 것처럼 보이지 않았다.

원래 강호에는 남녀를 불문하고 잘생긴 사람치고 무공이
나 성품마저도 훌륭한 준걸은 없는 법이다. 물론 은조는 특별
한 경우다.

그렇지만 손효랑은 지금은 그보다 더 중요한 일이 있어서
그냥 넘어가기로 했다.

손효랑은 중요한 얘기, 즉 태자 주청운이 했던 말에 대해서 의논을 해야 하는데 외인인 쾌도비와 요령이 끼어 있어서 얘기를 꺼내지 못하고 있다.

그녀는 쾌도비가 무정도라는 사실을 아직 모르고 있다. 은조가 여의루로 보낸 첫 번째 전서구를 팔신궁 예건후에게 가로채이고, 두 번째 전서구를 보냈을 당시에는 쾌도비의 정체를 모르고 있었기 때문에 알리지 못했었다.

그래서 손효랑은 식사가 끝난 후에 쾌도비가 없는 곳에서 그 일에 대해서 의논해야겠다고 생각했지만, 한시가 촉박한 상황이라서 마음이 급했다.

"어머니. 자금성에 가셨던 일은 어떻게 되셨어요?"

그런데 은조가 속도 모르고 궁금한 얼굴로 묻자 손효랑은 미간을 찌푸리며 슬쩍 쾌도비를 쳐다보았다.

쾌도비는 관심이 없는 듯 묵묵히 다른 곳을 보고 있지만, 손효랑은 어째서 은조가 오늘따라 철없이 구는지 영 마뜩치 않았다.

"조아야, 넌 저 녀석에게 내가 자금성에 간 사실을 말해준 것이냐?"

"물론이에요."

은조가 당연하다는 듯이 대답하자 손효랑의 눈살이 더 찌푸려졌다.

딸이 근본도 모르는 떠돌이 놈에게 빠져도 단단히 빠진 것 같아서 난감했다. 자금성 문제만으로도 골치가 아픈데 평소 총명했던 딸의 어째서 얼토당토않은 사랑놀이에 빠졌는지 점입가경이다.

"나중에 얘기하자."

"혹시 태자가 군대를 동원했으니 전쟁을 피하고 싶으면 협력하라고 협박하지 않던가요?"

손효랑이 나중에 얘기하자는 데도 은조는 정확하게 짚었다. 그녀는 새벽에 쾌도비와 술을 마시면서 이것저것 얘기하다가 모친이 자금성에 불려간 일에 대해서 의견을 나누었는데 그 과정에 이 얘기가 나왔었다.

"너……."

"허허헛! 북여의 남자봉이라고 하더니 과연 여의천비의 총명함은 명불허전이로군!"

손효랑이 은조를 꾸짖으려는 데 위융이 호방하게 껄껄 웃음을 터뜨리며 은조를 칭찬했다.

"조아야, 어째서 그런 짐작을 하게 된 것이냐?"

위융은 손효랑의 매서운 시선을 못 본 체하며 은조에게 물었다.

은조는 쾌도비를 보고 나서 차분하게 설명했다.

“어젯밤에 쾌 소협이 우연히 팔신궁주가 팔신궁에 없다는 사실을 알아냈어요. 그래서 그도 자금성에 불려갔을 것이라고 짐작했죠.”

위용과 손효랑은 팔신궁주의 부재를 그가 알아냈다는 사실이 뜻밖이라서 동시에 쾌도비를 쳐다보았다.

“그래, 담중부(潭重夫)도 자금성에 왔었지.”

팔신궁주 무황천신의 이름이 담중부다.

“우린 북황도에서 위 백부님께서도 오셨을 것이라고 짐작했어요. 그리고 이런저런 대화를 나누고 있던 중에 쾌 소협이 태자로서는 더 이상 방법이 없으니 어쩌면 군사를 동원해서 천절문이나 남령부를 공격할 수도 있으며 그것으로 어머니와 위 백부님, 그리고 팔신궁주를 협박할 것이라고 추측하게 되었어요.”

“호오… 그런가?”

위용만이 아니라 이번에는 손효랑마저도 뜻밖이라는 듯 쾌도비를 쳐다보았다.

그런데 쾌도비가 심각한 표정인 것을 보고 위용이 넌지시 물었다.

“왜 그러나?”

“팔신궁주의 이름이 담중부였습니까?”

“그렇네.”

쾌도비는 진지한 표정을 지었다.

"혹시 강호육비의 한 명인 철장잔비 담자능하고 담중부는 같은 혈족입니까?"

"그 둘은 형제일세. 담중부가 형이지."

"그렇군요."

쾌도비는 고개를 끄떡이며 알겠다는 표정을 짓자 위융이 넌지시 물었다.

"혹시 자네만 알고 우리는 모르고 있는 무슨 일이라도 있는 것인가?"

"애초에 태자는 자봉공주를 죽이는 일을 담자능에게 의뢰했었는데 담자능은 그 일을 팔신궁주에게 맡긴 것으로 알고 있습니다."

"그랬다는 말인가?"

손효랑은 쾌도비가 말하는 정보가 얼마나 정확한 것인지 알고 싶었다.

"너는 그 사실을 누구에게 알아냈느냐?"

"팔신궁 만사당주 문정호라는 자가 직접 말하는 것을 들었습니다."

"만사당주?"

팔신궁 만사당주의 말이라면 틀림없는 사실이다.

"음… 담자능, 담중부 이놈들이……."

손효랑은 눈을 세모꼴로 좁히고 중얼거렸다.

위융은 호감 어린 눈빛으로 쾌도비를 주시하다가 손효랑에게 빙그레 웃어 보였다.

"랑 매, 이쯤 되면 얘기해도 되지 않겠소?"

손효랑은 별것 없는 놈이라고 여겼던 쾌도비가 단단히 한몫을 하자 그의 정체를 파고 싶었으나 지금 분위기상 그러면 너무 나대는 것 같아서 자제했다.

"그렇게 됐군요."

손효랑의 그다지 길지 않은 설명을 듣고 난 은조는 진지하게 고개를 끄떡였다.

"팔신궁은 자진해서 천절문을 치겠다고 나섰으며, 이후에 태자가 본 루는 무정도를 죽이고, 북황도는 남령부를 공격하라고 했다는 거로군요?"

"그렇단다."

은조는 흥미롭다는 듯 옆에 앉은 쾌도비를 돌아보았다.

"쾌 소협은 어떻게 생각하세요?"

손효랑은 대화가 쾌도비 중심으로 돌아가고 있음을 느꼈다. 은조가 그렇게 만들고 있었다.

하지만 잠시 두고 보기로 마음먹었다. 더구나 어차피 그녀와 위융은 태자에게 떠맡은 일 때문에 가슴이 답답해서 별달리 할 말도 없는 상황이다.

쾌도비는 밑바닥에서 잡초처럼 성장했기 때문에 손효랑이나 위융 같은 대선배 앞에서 어떻게 행동하고 예의를 차려야하는지 배우지 못했다.

하지만 거칠게 살아온 만큼 임기응변에 능하므로 조심스럽게 두 사람의 양해를 구했다.

"말해도 되겠습니까?"

이런 상황에 무슨 뾰족한 방법이 있겠느냐고 생각하는 손효랑과 위융은 똑같이 고개를 끄떡였다.

"두 분의 말씀을 들어보니 우리가 예상했던 것과 별로 다르지 않은 것 같습니다."

이처럼 충격적인 일이 쾌도비와 은조에겐 예상했던 일이라고 하자 손효랑과 위융은 새삼스레 놀라서 서로의 얼굴을 마주 보았다.

쾌도비는 강호에서 어느 누구보다도 이 사건의 가장 중심에 서 있는 사람이다.

그러므로 이 사건에 대해서만큼은 그보다 더 분명하고도 일목요연하게 볼 수 있거나 깊은 통찰력을 지닌 사람은 없을 것이다.

그것을 잘 알고 있기에 은조는 그를 이 대화의 전면에 나서도록 배려를 한 것이다.

　"제 생각을 말하자면 결론적으로 태자의 말은 들을 가치도 없는 허풍입니다."

　"허풍?"

　태자의 그 엄청난 말을 쾌도비가 간단하게 허풍이라고 일축하자 손효랑과 위융은 어이없는 표정을 지었다.

　더구나 자신의 짐작이라는 것도 아니고 단정적으로 그렇다고 결론을 내려 버렸다.

　은조가 거들었다.

　"거기에는 그럴 만한 이유가 있어요."

　그녀는 모친 등이 태자를 만나고 있을 때 우리는 그저 술을 마시면서 흥청만청하고 있었던 것만이 아니라는 듯한 표정을 지었다.

　"팔신궁주는 어젯밤에 팔신궁을 나섰어요."

　"어젯밤에?"

　"팔신궁에서 자금성까진 엎드리면 코 닿을 거리인데 어째서 그는 전날 한밤중에 자금성에 갔을까요?"

　지난밤에 예건후가 팔신궁 소궁주 담무군 등의 시체를 갖고 팔신궁주에게 보여주려고 했을 때 먼저 보낸 수하가 달려와서 대궁주가 본궁에 없는 것 같다고 보고하는 것을 쾌도비가 우연히 들었다.

　손효랑이 얼굴을 찌푸리며 무거운 신음을 흘렸다.

"이제 보니까 담중부는 미리 자금성에 가서 태자와 모의를 했던 것이로군."

위융이 굳은 얼굴로 말을 받았다.

"태자가 단순히 허풍을 쳤다고만은 볼 수가 없네. 낙양으로 오십만, 곤명으로 삼십만 대군을 보냈다는 것은 확인해 보면 곧 알 수 있네."

은조는 쾌도비에게 살짝 미소를 지어 보였다.

"쾌 소협, 계속 말씀하세요."

손효랑은 딸이 쾌도비에게 뼈가 녹는 것처럼 애교스럽게 구는 모습을 보면서도 아까처럼 속이 뒤틀리지 않는다는 사실을 깨달았다.

그 이유는 자신이 예상했던 것과는 달리 쾌도비가 비범함을 보이고 있기 때문이다.

쾌도비는 이곳에 있는 사람들에게 딱히 잘 보이고 싶은 마음이 없기 때문에 자신의 생각을 소신껏 피력했다.

"오십만 대군과 삼십만 대군이 각기 낙양과 곤명으로 향했다고 해서 강호와 전쟁이 벌어지는 것은 아닙니다. 말 그대로 그것은 단순히 진군일 뿐입니다. 대명제국의 군사가 어디론가 진군하는 일은 흔한 일입니다."

"그렇지."

"그들이 정말로 천절문과 남령부를 공격해야지만 비로소

강호에 선전포고를 한 것입니다.”

손효랑과 위융은 고개를 끄떡였다.

“만약 군대가 진짜로 천절문을 공격한다면 무슨 일이 벌어질 것 같습니까?”

이것은 쾌도비의 순수한 물음이다. 그 상황이 되면 정확하게 무슨 일이 벌어질는지 그로선 짐작만 할 뿐이지 제대로 알지 못하기 때문이다.

“그리되면 천절문이 아니라 강호가 공격당한 것으로 간주되어 즉각 전 강호가 하나로 뭉쳐서 황궁하고의 전쟁에 돌입하게 될 걸세.”

“태자도 그것을 알고 있을 겁니다.”

“당연하지. 그러니까 강호와 전쟁을 불사하면서까지 천절문을 괴멸시키려는 게지.”

“그렇게는 못할 겁니다.”

쾌도비는 확신하듯 말하고는 은조를 쳐다보았다. 어제 자신에게 했던 말을 두 사람에게 해주라는 뜻이다.

“태자가, 아니, 대명제국이 어째서 강호하고 전쟁을 할 수 없는지 말씀드리겠어요.”

머릿속에 가득 들어 있는 지식을 한 줄로 늘어놓으면 대륙을 종횡으로 몇 번이나 왕복할 수 있을 정도로 박식한 은조는 현재 대명제국과 국경을 마주하고 있는 주변국들이 얼마나 호시탐탐 침공을 노리고 있는지에 대해서 자세히 설명해 주었다.

"이런 상황이기 때문에 태자가 무려 팔십만 대군을 낙양과 곤명으로 보낸 것이 얼마나 무리를 하고 있는 것인지 짐작할 수 있겠지요?"

"주변국들이 그 사실을 알면 구멍이 뚫린 국경으로 밀물처럼 쳐들어오겠구나."

"이미 알고 있을 거예요. 주변국들에 장님만 있는 게 아니니까요. 그러니까 태자는 강호에 대해서 일종의 무력시위를 해 보이고 있는 군사들을 오랫동안 돌아다니게 할 수 없어요. 속히 국경으로 돌려보내지 않으면 천추의 한을 남기게 될 거예요."

"음!"

손효랑이 무거운 신음을 흘리자 은조는 계속 말을 이었다.

"또한 팔십만 대군이라는 것도 수를 잘 세어보면 반의반도 안 될 거예요. 대명제국 전체 군사가 백이십만인데 무려 팔십만이나 국경에서 빼낼 수 있을 것 같은가요? 말도 안 돼요. 천절문과 남령부를 괴멸시키려다가 대명제국이 먼저 고꾸라질 거예요."

손효랑과 위융은 서로의 얼굴을 한 번 쳐다보고 나서 진중하게 고개를 끄떡였다.

“이들의 말이 옳은 것 같소.”

“담중부와 태자가 짜고서 우릴 속인 거로군요.”

위융은 쾌도비와 은조를 번갈아 쳐다보면서 감탄 어린 표정을 지었다.

“젊은이들이 우리보다 훨씬 똑똑하군. 놀랐어. 자네들이 아니었으면 우린 어쩔 줄 모르고 전전긍긍했을 거야. 그렇지 않소, 랑 매?”

“그렇군요.”

손효랑은 그 점에 대해서는 인정하지 않을 수 없었다.

은조가 손효랑과 위융에게 물었다.

“두 분께선 어떻게 하실 건가요?”

“뭘 말인가?”

“태자가 두 분께 시킨 일 말이에요.”

“개수작 떨지 말라고 해라!”

위융이 버럭 소리를 질렀다.

“노부가 지금 당장 북황도를 이끌고 자금성으로 쳐들어가지 않는 게 다행인 줄 알아라.”

은조는 모친을 바라보았다.

“어머니께서는요?”

“뭘 말이냐?”

“태자가 어머니께 무정도를 죽이라고 지시했잖아요. 곡전권을 준다고.”

손효랑은 차갑게 외쳤다.

“그놈들이 허풍을 친 걸 몰랐다고 해도 무정도를 죽이는 일 따윈 하지 않을 것이다.”

“그런가요?”

손효랑은 씁쓸한 표정을 지었다.

“강호에 정의와 협의가 사라진 지 이미 오래전이다. 이 땅에는 지금 온갖 권모술수와 배신, 돈과 이득을 위한 살육만들끓고 있어.”

위융은 고개를 끄떡이고 나서 주먹을 흔들며 연설하듯이 힘주어 말했다.

“지난 수십 년 동안 강호는 썩어 있었고 지금은 돌이킬 수 없을 정도로 썩었지. 그런 상황에 강호에 신선한 한 줄기 바람이 불어온 것이다.”

손효랑과 위융은 이곳에 오기 전에 마치 말을 맞춘 것처럼 주거니 받거니 말했다.

“단 한 명의 일개 호위무사가 아무런 대가도 받지 않고 순수한 정의와 협의의 마음으로 한 여자를 곤명에서 낙양까지 장장 만여 리를 호위한 쾌거가 일어났다.”

손효랑은 그 일을 생각하는 것만으로도 감개무량한 듯 지그시 눈을 반개하고 읊조렸다.

"그뿐인 줄 아느냐? 그 호위무사는 어느 누구의 도움 같은 것은 받지도 않고 혈혈단신으로 팔신궁을 상대했으며, 팔신궁이 동원한 수만 명의 추격자가 펼쳐놓은 천라지망을 뚫으면서 한 걸음 한 걸음 피를 흘리면서 북진하여 마침내 낙양 천절문에 도착했지."

"어허허헛! 한 사내가 사신육비의 하나인 팔신궁과 대명제국 황궁의 간담을 서늘하게 만들었어! 난 그 생각만 하면 너무 통쾌해서 잠이 오질 않는다구!"

위융은 고개를 젖히고 호쾌하게 웃었다.

"으핫핫핫! 일부당관 만부막관(一夫當關萬夫莫關)! 한 사나이가 관문을 지키니 만인도 어쩌지 못한다!"

은조는 두 사람이 누구에 대해서 얘기하는지 알고 배시시 미소를 지으며 쾌도비를 바라보았다.

그러나 쾌도비는 씁쓸한 표정을 지었다. 이들이 말하는 것은 표면적인 것뿐이지 그 속에 얽히고설킨 짙은 애환에 대해서는 모르기 때문이다.

손효랑은 신바람이 났다.

"그게 다가 아니에요. 그 사내는 자봉공주에게 흑심을 품은 강호육비의 한 명인 천절문의 흑창사비 용연풍을 단칼에 죽였어요. 그걸 보면 그 사내의 무공은 절정의 수준이며, 악을 병처럼 미워한다는 사실을 알 수 있어요."

“랑 매 말이 맞소. 그 사내 무정도는 당금 강호에서 최고로 멋진 사내요.”

“그야말로 진정한 영웅이죠.”

손효랑은 그렇게 말하면서 힐끗 은조를 쳐다보았다. 그런 멋진 사내를 사위로 맞이하고 싶다는 눈빛이 두 눈에 역력하게 떠올랐다.

“훗! 그가 영웅이라니 당치도 않습니다.”

쾌도비는 둘이서 하도 자신의 칭찬을 하니까 낯 뜨거워서 자조 섞인 중얼거림을 흘렸다.

순간 손효랑은 싸늘한 표정으로 쏘아붙이고, 위융은 점잖게 꾸짖었다.

“닥쳐라! 너 같은 놈은 삼생(三生)을 살아도 무정도의 발끝도 따라가지 못할 것이다!”

“여보게. 자네에게 호감을 갖고 있네만 그런 망발을 하면 자넬 다시 봐야겠군.”

그때 여태 잘 참고 있던 요령이 투덜거렸다.

“쳇! 할망구하고 영감이 취하지도 않았는데 웬 헛소리람? 귀가 따가워서 죽겠네.”

졸지에 할망구와 영감이 된 손효랑과 위융은 어이없는 표정을 지었다.

“버르장머리 없는 계집애야. 한 번만 더 주둥이를 놀리면

혼찌검을 내주겠다.”

손효랑이 꾸짖는 데도 요령은 눈썹도 까딱하지 않았다.

탕탕탕!

“할망구하고 영감탱이는 무정도가 진정한 영웅이라고 입에서 침을 튀기며 칭찬하면서도 어째서 삼생이니 뭐니 들먹이면서 무정도를 꾸짖는 거야?”

요령은 손바닥으로 탁자를 두드리며 손효랑과 위융을 아랫것 대하듯이 훈계했다.

손효랑과 위융은 요령의 불손한 태도에 조금도 불쾌할 수가 없었다. 그녀가 이상한 말을 했기 때문에 어리둥절한 표정을 지었다.

그녀의 말에 의하면 자신들이 무정도를 꾸짖었다는 뜻이고, 그렇다면 쾌도비가 무정도라는 말이 된다. 이 무슨 귀신 씻나락 까먹는 소린가.

은조는 배시시 미소를 지으며 두 손으로 공경하게 쾌도비를 가리켰다.

“여기 이분 쾌도비 쾌 소협이 바로 무정도예요.”

“뭐어…….”

“허엇?”

손효랑과 위융은 약속이나 한 듯 자리에서 벌떡 일어나며 더없이 놀라는 표정을 지었다.

두 사람은 얼어붙은 듯이 한참이나 아무 말도 하지 못하고
경악한 얼굴로 쾌도비를 바라보기만 했다.

손효랑의 심정은 위융보다 더 복잡했다. 최고라고 자부하
는 딸 은조가 그를 사랑하고 있으며 자신이 그를 벌레처럼 대
했기 때문이다.

포호함포(咆虎陷浦)

―으르렁대기만 하는 호랑이가 개울에 빠진다

그날 저녁 무렵이 되어서야 쾌도비는 처음으로 혼자서 시간을 갖게 되었다.

아침부터 조금 전까지 은조와 손효랑, 위융과 함께 쉬지 않고 대화를 나누었다.

쾌도비가 무정도였다는 사실이 밝혀지고 나서는 대화가 한층 더 진전되었으며, 아예 장차 어떻게 하자는 것까지 결정해 버렸다.

당연한 일이지만 손효랑은 무정도를 죽이는 일 따위는 하지 않겠다고 선언했으며, 위융도 자신의 눈이 흙이 들어가지

않는 한 남령부를 공격하는 일은 절대로 없을 것이라고 못을
박았다.

그것 외에도 향후 쾌도비와 여의루, 북황도가 함께 연대해
서 이 난관을 극복해 나가자는 것에 모두들 절대적으로 합의
를 했다.

쾌도비는 한바탕 긴밀한 의논을 마친 후에 찾아온 혼자만
의 시간을 창가의 탁자에 앉아서 차가 식는 줄도 모르면서 보
내고 있다.

지금 그의 머릿속에는 두 가지 생각으로 가득 차 있다. 하
나는 언제나 뇌리에서 떠나지 않는 주소옥에 대한 그리움이
고, 또 하나는 어젯밤, 아니, 정확하게 오늘 새벽녘에 만났던
예건후와의 만남이다.

예건후를 만나기 직전까지만 해도 온갖 별별 상상을 다 해
봤었다.

그 상상들 속에는 어쩌면 예건후가 자신의 친부일지도 모
른다는 추측이 일부 들어 있었으나 가능성이 전혀 없어서 큰
비중을 차지하지는 않았었다.

그런데 예건후를 만나서 직접 그의 말을 들어본 결과 그것
이 사실로 드러났다.

팔신궁 백호궁주 예건후, 그가 쾌도비를 세상에 태어나게
해준 친부였던 것이다.

어제까지만 해도 쾌도비는 친부모에 대해서는 아는 바가 전혀 없었으며 혈육이라곤 오로지 누나 한 사람만 있는 것으로 알았었는데, 졸지에 그 누나가 그를 낳아준 어머니였으며 그녀가 죽어가면서 반드시 죽이라고 유언했던 흑청사 문신의 사내가 친아버지임을 알게 되었다.

그 사실을 알게 됐을 때의 충격과 혼란이란 그가 이날까지 살아오면서 받았던 모든 충격적인 일을 다 합친 것보다도 컸었다.

누나는 예건후를 죽이라고 유언을 남겼으나 쾌도비는 차마 친아버지를 죽일 수가 없었다.

이 년여 동안 실컷 갖고 놀다가 임신한 누나, 아니, 어머니를 버리고 떠난 후에 다시는 돌아오지 않았으며, 어머니와 쾌도비가 그토록 비참하고 험난하게 살아오는 동안 쌀 한 톨 도와준 적 없었던 비정한 아버지였었다.

어머니와 쾌도비로서는 그를 죽여야 할 이유가 태산처럼 많지만 용서해야 할 이유는 단 한 가지도 없었다.

그런데도 그는 끝끝내 예건후를 죽이지 못했다. 예건후를 용서하고 그가 살아야 하는 단 하나의 이유가 없는 데도 죽일 수가 없었다.

그 이유는 지금도 모른다. 어머니가 죽었다는 사실과 그녀가 죽어가면서 자신을 죽이라는 유언을 남겼다는 사실을 든고는 예건후가 스스로 목을 늘어뜨리고 죽여 달라고 말했기 때문일까.

아니면 그를 죽이고 나서 친부를 죽였다는 가책이 평생 쾌도비를 괴롭힐까 봐 그랬을까.

사실은 이것도 저것도 아니다. 왜 그를 죽이지 않았는지 지금도 이유를 모른다.

'잊자.'

그는 고개를 세차게 가로젓고 나서 미지근한 찻잔을 집어 들어 입으로 가져갔다.

예전에는 누나가, 아니, 어머니가 죽이라고 유언했던 사내를 죽이고 나면 무척 홀가분할 것이라고 막연하게 상상을 했었으나 실제는 그렇지 않았다.

오히려 그 어느 때보다도 마음이 무겁고 답답했다. 지금으로썬 해답도 없는 그 일에 매달려서 골머리를 썩는 것보다는 잊는 것이 최선일 것 같다.

그런데 예건후의 일을 잊자고 하자마자 기다렸다는 듯이 주소옥의 일이 머릿속을 가득 메웠다.

그는 마음을 모질게 먹기로 했다. 방금 친부의 일을 냉정하게 생각하던 여세를 몰아서 주소옥의 일까지도 냉정하게 생각하기로 했다.

'소옥의 행복을 위해서라도 그녀를 잊어야만 한다.'

　이루어질 수 없는 사랑에 목을 매고는 계집아이처럼 눈물을 찔찔 짜며 가슴앓이를 하는 것은 그에게나 주소옥에게나 하등의 도움이 되지 않는다고 생각했다.

　지금은 사랑하기 때문에 잊어야 한다는 웃기는 모순의 논리가 필요할 때다.

　그런 생각은 오래전부터 했었으나 실천을 하지 못했었다. 하지만 이제는 할 수 있을 것 같았다. 아니, 할 수 없더라도 반드시 해야만 한다.

　'소옥이 영호승과 제대로 혼인을 할 수 있도록 해주는 것이 나의 임무다. 그 사실을 처음부터 알고서도 그녀를 사랑했었던 것이 아닌가. 이제 와서 새삼스레 우왕좌왕하다니 나답지 않다. 그녀와 나는 별개다. 지금부터라도 나는 나의 인생을 살아야만 한다.'

　마음은 그럴 수 없지만 차가운 이성으로는 그렇게 해야 한다고 독하게 강변하며 자신을 설득했다.

　사실 주소옥이 영호승의 아내가 될 것이라는 사실을 알면서도 사랑을 하게 됐던 것이 아니다. 함께 지내다 보니까 어느새 사랑을 하게 돼버렸던 것이다.

　그것은 인간의 의지로는 어쩔 수가 없었다. 하지만 운명이 만들어놓은 말도 안 되는 사랑놀음을 이제는 인간의 의지로 잘라야만 할 때가 됐다.

뜻밖의 일이 벌어졌다.

쾌도비와 은조 등이 머물고 있는 장원, 즉 추영원(秋影院)을 감시하던 자들이 있는데 다름 아닌 팔신궁 고수이다. 그들이 제압당해서 끌려 들어왔다.

알고 보니까 팔신궁 고수들은 자금성에서부터 손효랑과 위융을 미행해 왔었다.

그러나 손효랑과 위융이 워낙 거물이라서 감히 장원 안으로 잠입은 하지 못하고 멀찌감치 떨어져 은밀한 곳에 숨어서 감시만 하고 있었다.

그랬는데 뒤늦게 도착한 손효랑의 측근 호위들과 위융의 아들을 비롯한 북황도 고수들에게 발각되어 한바탕 싸움을 벌인 후에, 감시하고 있던 팔신궁 고수 네 명이 죽고 한 명만 제압해서 장원 안으로 끌고 들어온 것이다.

북경은 팔신궁의 안방이라고 하지만 감히 손효랑과 위융을 미행할 것이라고는 예상하지 못했었다. 팔신궁 고수들이 워낙 먼발치에서 극도로 조심하면서 미행을 했었기에 두 사람도 감지하지 못했었다.

"헛헛헛! 내 못난 아들일세."

위융은 모두에게 자신의 세 명의 아들 중에서 막내인 위걸(魏傑)을 소개했다.

하지만 그가 위걸을 '못난 아들'이라고 한 것은 순전히 겸손의 말이다.

"위걸이 인사드립니다."

위걸은 키가 거의 쾌도비만큼 컸으며 체구는 그보다 절반이나 더 우람한 거인 같은 이십대 초반의 청년이었다.

가뿐한 경장 차림인데도 근육이 울퉁불퉁했고 등 한가운데에는 손잡이가 긴 언월도(偃月刀) 한 자루를 메고 있으며, 포권을 하면서 깊숙이 허리를 굽히는 모습이 공손하면서도 영웅호걸에 다름 아니다.

더구나 눈, 코, 입, 귀 이목구비가 큼직큼직하고 눈빛은 강렬하면서도 정기가 일렁였으며 우렁우렁한 목소리를 지닌 잘생긴 청년이다.

위융은 미소를 지으면서 막내아들 위걸에게 쾌도비를 가리키며 인사를 시켰다.

"걸아, 여기 이 청년과 앞으로 의좋게 지내거라."

위걸은 은조와 나란히 서 있는 쾌도비에게 정중한 태도로 포권을 해 보였다.

"위걸이오."

"쾌도비요."

위융은 의미심장한 미소를 지으며 위걸에게 물었다.

"이 두 사람이 누군지 알겠느냐?"

위걸은 은조의 얼굴을 감히 똑바로 쳐다보지도 못하고 얼굴을 붉혔다.

"이분 소저는… 손효랑 손 이모님의 따님이신 북여의 여의천비가 아니십니까?"

탁!

"인석아! 소저가 다 뭐냐? 예전처럼 조 매라고 불러라!"

"아… 버지, 그건……."

위융이 등을 치면서 일침을 놓자 위걸은 화들짝 놀라면서 전전긍긍했다.

그는 체구나 생긴 것하고는 달리 이상하게도 은조 앞에서는 기를 펴지 못했다.

"오랜만이에요, 걸 가(傑哥)."

"아… 네……."

은조가 미소를 지으며 아는 체를 하자 위걸은 더욱 얼굴이 빨개지면서 어쩔 줄을 몰랐다.

손효랑과 위융은 여의루주와 북황도주가 되기 전인 전대(前代) 때부터 서로 왕래를 하고 있었다.

전대, 아니, 그 전대부터 여의루주와 북황도주가 서로 친분이 깊었기 때문이었다.

두 사람이 재기발랄했던 젊은 시절에 청년 위융은 아름답고 총명한 손효랑을 지극히 연모하여 사랑을 얻으려고 많은 공을 들였었다.

그러나 그에게 전혀 사랑을 느끼지 못하고 단지 오라버니처럼 여겼던 손효랑은 다른 청년을 사랑하더니 결국 혼인을 해버렸다.

크게 실망한 위융은 몇 년 후에 부모가 맺어준 배필을 만나서 혼인을 하였고 그 이후부터 한동안 두 사람은 만나지 못했었다.

그러다가 손효랑이 여의루주의 지위에 오르면서 그것을 축하해 주러 위융이 여의루를 찾음으로써 두 사람은 다시 만남이 이어졌으며 그때부터 왕래가 재개되었다. 그즈음 위융 역시 북황도주가 되어 있었다.

위융은 혼인을 하자마자 줄줄이 아들을 얻어 슬하에 삼 형제를 두었지만, 손효랑은 오랫동안 태기(胎氣)가 없더니 위융이 막내아들을 낳고 나서도 이 년이 지나서야 임신을 하여 이듬해 은조를 낳았었다.

두 가문은 일 년에 한두 번 정도는 서로 오고 가며 왕래를 했으나 지난 십여 년 동안은 뜸했었다.

은조와 위걸은 예전에는 남매처럼 친하게 지냈었으나 오늘 십여 년 만에 해후하게 되었다.

탁탁!

"허허헛! 이 녀석은 항상 조아 아니면 절대로 혼인을 하지 않겠다면서 큰소리치고 다녔단다!"

"아버지!"

위융이 어깨를 치면서 껄껄 웃자 위걸은 소스라치게 놀라서 급히 두 손으로 위융의 입을 막으려고 했으나 위융은 손을 뿌리치고 물러나면서 웃어댔다.

"으핫핫핫! 집에서 조아에 대해서 말할 때는 언제나 자기 아내라고 했었지!"

위걸이 놀라서 은조를 쳐다보자 그녀는 얼굴을 붉히며 당황한 모습이다.

차앙!

"그만두지 못하겠어요?"

위걸은 얼굴이 새빨개져서 등에 멘 언월도, 즉 자신의 성명무기인 참마도(斬魔刀)를 뽑아 그대로 위융을 베어가며 버럭 악을 썼다.

쉐애앵! 쉥!

참마도에서 뿜어지는 번갯불 같은 도풍이 실내를 떨어 울리고 도광은 번쩍거리면서 마치 허공 여기저기에 불이 붙은 것 같았다.

위걸은 장난이 아니라 정말로 아버지를 죽이려는 것처럼 쫓아다니며 참마도를 휘둘렀다.

“헛헛헛! 랑 매! 걸아가 평소에 집에서 랑 매에 대해서 말할 때는 랑 매를 뭐라고 부르는지 아시오?”

그러나 위융은 재미있다는 듯 실내가 좁다하고 도망 다니면서도 웃으며 소리쳤다.

“아버지! 제발!”

위걸은 울상이 되어 죽을 것처럼 부르짖었다. 하지만 그것이 위융을 더욱 신바람 나게 만들었다.

“장모님이라오! 장모! 랑 매는 걸아의 장모야! 그렇다면 우린 사돈지간이로군! 푸핫핫핫!”

쾌도비와 요령, 은조, 손효랑 등은 말릴 생각도 하지 않고 재미있다는 듯 부자의 난동을 지켜보았다.

“저 녀석 말이야! 조아하고 혼인해서 살 집을 북황도에 이미 다 지어놓았고 장차 자식은 다섯을 낳아서…….”

“이요옵!”

위걸이 허공으로 둥실 떠오르더니 요리조리 피해서 달아나며 떠드는 위융의 앞쪽으로 쏘아내리면서 맹렬하게 참마도를 그어 내리는데 거구에 어울리지 않는 날렵하고 위맹한 솜씨라서 모두들 감탄했다.

쿠아앗!

위걸이 이번에는 길목을 제대로 짚었고 또한 지금 전개하고 있는 공격의 위력이 무시무시해서 위융은 더 이상 피하지 못하고 벼락같이 외쳤다.

"이놈아! 아비를 죽일 작정이냐?"

"아들 치부를 들추는 아버지는 없는 게 나아요!"

참마도는 위융의 정수리를 향해 인정사정없이 그어졌다. 그대로 있다간 위융의 머리가 쪼개질 판국이다.

따앙!

그런데 그 순간 무언가가 참마도의 옆 부분을 때려서 비껴 나게 했다.

웅웅웅…….

위걸은 세차게 진동하는 참마도를 쥐고 옆으로 두 걸음 물 러나서 손효랑을 쳐다보았다.

"손 이모님……."

"너는 아버지를 죽일 셈이냐?"

방금 위기의 순간에 지풍을 발출하여 위걸의 참마도를 비 껴가게 한 사람은 손효랑이었다.

위융은 바닥에 주저앉아 있다가 부스스 일어서면서 위걸 을 보며 투덜거렸다.

"이놈아! 네 장모님 아니었으면 명년 오늘이 내 제삿날이 될 뻔했다. 어서 장모님께……."

"당신은 내 손에 죽어야겠군요."

"앗! 랑 매! 내가 잘못했소!"

손효랑이 소매를 걷으며 달려들자 위융은 다급하게 두 손을 싹싹 빌었다.

위걸 부자 때문에 한바탕 난리가 벌어지는 바람에 쾌도비와 위걸의 인사가 늦어졌다.

위걸은 쾌도비가 무정도라는 사실을 알자 놀라움과 경탄을 금치 못하더니 그의 손을 덥석 잡았다.

"맙소사! 귀하가 무정도였다니! 내가 가장 존경하던 무정도를 직접 만나다니 무상의 영광이오!"

쾌도비는 쑥스러워서 손을 빼려고 했으나 위걸은 더욱 힘주어 그의 손을 잡았다.

"쾌 형이 나와 친구가 돼준다면 나 위걸은 종이 되어 평생 쾌 형을 모시겠소!"

쾌도비는 자신을 무정도라고 입이 닳도록 칭찬하는 것이 아무리 시간이 지나도 좀처럼 익숙해지지 않았다.

그는 단지 주소옥을 호위하여 안전하게 천절문에 데려다주었던 것뿐인데, 그것이 천하에 또 다른 영웅담과 연애담으로 퍼져서 그를 곤란하게 만들고 있는 것이다.

"걸아! 너는 도비의 친구가 되겠다면서 평생 종이 되겠다는 것은 또 무슨 소리냐?"

손효랑의 지적에 위걸은 주먹으로 제 가슴을 두드렸다.

“그 정도로 무정도 쾌 형과 친구가 되고 싶다는 뜻입니다!
이모님!”

그는 쾌도비의 손을 놓지 않은 상태에서 정기 어린 눈빛으
로 그를 똑바로 주시했다.

“쾌 형! 나 위걸과 친구가 돼주겠소?”

쾌도비는 위걸의 호탕하고 가식 없는 성격이 마음에 들었
다.

“물론이오.”

와락!

“으핫핫핫! 고맙소! 쾌 형!”

위걸은 실내가 떠나가라 대소를 터뜨리면서 두 팔로 쾌도
비를 힘껏 끌어안았다.

추영원을 감시하던 자들은 팔신궁 현무붕신 다섯 명이었
으며, 제압해서 끌고 들어온 한 명을 위걸이 심문했다.

그 결과 팔신궁이 손효랑과 위융을 미행하고 감시한 이유
가 추영원에 팔신궁 소궁주 담무군을 죽인 자가 있는지 알아
내기 위해서라는 사실을 실토 받았다.

팔신궁은 담무군을 죽인 인물이 쾌도비라는 사실을 아직
모르고 있는 것이 분명했다.

다만 그를 잡기 위해서 손효랑을 미행했던 것이다. 그녀가

딸 은조에게 갈 것이라고 짐작했기 때문이다.

또한 은조가 예건후에게 탈취당한 전서구에 낯선 인물에 대한 내용을 적었으므로 그 인물이 마차를 탈취하고 또 은조에게 여러 가지 사실을 알렸으며 더구나 담무군까지 죽였을 것이라고 추측한 것이다.

"자네 여기에 계속 있는 것은 위험할 것 같군."

위융이 쾌도비의 어깨에 친근하게 손을 얹었다.

"북경에 본 도의 지부가 있는데 거처를 그곳으로 옮기는 것이 어떤가?"

"말도 안 되는 소리예요."

그런데 손효랑이 정색을 하고 나섰다.

탁!

그녀는 쾌도비의 어깨에 올려 있는 위융의 손을 매몰차게 쳐서 치우고는 자신의 손을 얹었다.

"팔신궁이 북황도 북경지부를 감시하지 않을 것 같은가요? 위험하기는 거기도 마찬가지예요."

"딴은 그렇군."

"본 루는 이곳 외에도 여러 군데에 장원을 소유하고 있으니까 그곳 중 한 곳에 도비를 묵게 할 거예요."

손효랑은 조금 전까지만 해도 쾌도비를 이놈 저놈 하면서 눈을 흘기더니 이제는 어깨에 손까지 얹으며 도비라고 이름을 부르며 친근함을 과시했다.

그가 무정도라는 사실을 알고 난 이후부터다. 근본도 없는 잡배가 한순간에 그녀가 가장 훌륭하다고 여기는 강호영웅이 된 것이다.

쾌도비로서도 그녀에게 미운털이 박혀서 눈총받는 신세보다는 이러는 편이 낫지만 모두들 과잉친절이 범람하는 터에 어색함을 감추기 어려웠다.

"조아야, 앞으로는 네가 곁에서 도비를 잘 챙겨야 한다. 알았느냐?"

손효랑이 은조에게 눈웃음을 치면서 당부하자 은조는 대답을 하지 못하고 얼굴을 붉혔다.

어색하기는 은조도 마찬가지다. 그녀는 모친을 보면서 사람이 이렇게도 갑작스럽게 변할 수 있다는 사실을 처음 알게 되었다.

"어쨌든 우리가 여기에 이렇게 한꺼번에 모여 있으면 좋지 않을 것 같아요."

"그래. 너는 잠시 후에 도비와 함께 떠나거라."

손효랑은 은조의 등을 슬며시 쾌도비에게 떠밀었다. 그런데 슬며시 밀면서 손에 은근히 힘을 줬기 때문에 은조는 쾌도비 품에 엎어지듯 안기고 말았다.

"아!"

“이런… 너는 어째서 그리 힘이 없느냐?”

손효랑은 너스레를 떨면서 쾌도비 품에 안겨 있는 은조를 흐뭇하게 바라보았다.

쾌도비는 손효랑과 단둘이 마주 앉아 있다. 그녀가 할 말이 있다고 했기 때문이다.

“단도직입적으로 말하겠네.”

쾌도비는 그녀가 무슨 말을 할지 짐작도 하지 못했다.

“자네 자봉공주를 사랑하고 있나?”

손효랑이 정말 단도직입적으로 묻는 바람에 쾌도비는 아픈 곳을 찔린 것처럼 움찔했다.

그렇지만 그는 대답하지 않았다. 주소옥을 사랑하지 않아서가 아니라 그녀하고의 아름다웠던 기억과 사랑을 타인에게 말하는 것이 꺼려졌기 때문이다.

손효랑은 다시 묻지 않았다. 그의 괴로워하는 표정만으로 충분히 대답이 됐기 때문이다.

손효랑은 타이르듯이 말을 이었다.

“자봉공주는 천절문주 영호승과 혼인할 것으로 알고 있네. 그래야지만 남령부를 구할 수 있기 때문이지.”

쾌도비는 손효랑에게 그것에 대해서는 그만 말하라고 만류하고 싶었으나 은조의 모친이라서 예의를 지키느라 차마 그러지 못했다.

"자네가 자봉공주를 이토록 사랑하고 있는 것을 보면, 그녀 역시 자네를 사랑하고 있는 것이 분명하네. 자네라는 사람은 부질없는 짝사랑 따윌 할 사람이 아냐."

그녀는 비록 짧은 시간 동안 쾌도비를 겪었으나 그의 강직한 성격을 제대로 파악했다.

"그렇지만 현실적으로 자네와 자봉공주는 맺어질 수 없는 인연일세. 그 점은 나도 안타깝게 생각하네."

쾌도비는 손효랑의 얼굴에서 진심 어린 표정을 읽었다. 그녀는 쾌도비와 자봉공주의 이루어질 수 없는 인연에 사심 없는 동정을 보내고 있었다.

그것 때문인지 몰라도 그는 손효랑의 거침없는 지적에 거부감이 조금 사라졌다.

"이런 실정이라면 자네가 어떤 상황에 처하든 그리고 무슨 일을 하든 자봉공주를 머릿속에서 떨쳐 버리지 못하고 늘 괴로워해야만 할 걸세."

그녀의 말이 백 번 옳다. 주소옥과 헤어진 이후 쾌도비의 삶은 엉망진창이었다.

"지금 상황에서 방법은 하나뿐일세. 자네가 한시바삐 다른 여자를 사랑해야만 하는 걸세. 그래야지만 자봉공주의 늪에서 빠져나와 진심으로 그녀를 위하는 일을 할 수가 있고 또 자네의 삶을 되찾을 수가 있네.”

손효랑이 짚어준 방법은 쾌도비에게 가장 필요한 것이다. 그리고 그는 그것을 인정했다.

지금까지는 주소옥 한 사람을 생각하는 것만으로도 벅차고 머리가 터질 것 같아서 다른 여자에게 눈을 돌릴 엄두가 나지 않았었으나, 이제부터는 억지로라도 그래야겠다는 생각이 들었다.

다른 여자를 사랑하겠다는 것이 아니라 그렇게 해서라도 주소옥을 잊어야겠다는 것이다. 이를테면 다른 여자를 주소옥을 잊는 수단으로 삼겠다는 얘기다.

얼마 전에 그는 주소옥을 잊어버리자고 스스로에게 강한 다짐을 하지 않았는가. 이제는 때가 된 것이다.

“천하에 여자는 얼마든지 널려 있네. 그리고 사람들은 과거의 사랑이 최고였다고, 다시는 그런 사랑을 할 수 없을 것이라고 착각을 하고 있지만 실제는 그렇지 않네. 사람이란 현재를 살기 때문에 새로운 사랑을 하면 자연히 과거는 잊히는 걸세. 과거는 과거일 뿐이니까. 진심으로 열 번의 사랑을 한다면 그 열 번의 사랑이 다 최고의 사랑이 되는 걸세. 다시 말해서 자네는 사랑을 한 번밖에 해보지 않아서 그것이 최고인 줄 알고 있다는 얘기야.”

나이는 세월이 흐르면서 그냥 먹은 것이 아니다. 손효랑은 사람이 인생을 살면서 겪어야 하고 빠져야 하는 괴로움에 대한 처방을 잘 알고 있었다.

"자네의 모든 것을 다 보듬어줄 수 있는 사랑할 수 있는 여자를 찾아보게. 무공으로나 학식으로나 교양으로나 완벽한 여자만이 자네의 배필이 될 게야. 그런 여자를 찾아내서 새롭게 사랑을 시작해 보게. 내 장담하네. 그러면 자봉공주를 곧 잊게 될 게야."

손효랑은 최상의 처방을 내려주었다. 그러나 그녀가 말하는 완벽한 여자만이 쾌도비를 보듬을 수 있다는데 그런 여자를 대체 어디에서 찾을 수 있다는 말인가.

손효랑은 마지막 말로 끝을 맺었다.

"내 생각에는 우리 조아가 그런 여자인 것 같네만."

결국 자기 딸하고 사귀라는 뜻이었다.

＊　　　＊　　　＊

북경에 돌풍의 조짐이 일기 시작했다.

가장 큰 사건은 북경성 외곽 전체를 십만의 군사가 겹겹이 포위한 것이다.

대명제국의 군부는 오군도독부(五軍都督府)와 대도독부(大都督府)로 구성되어 있는데, 황제는 오군도독부의 좌우도독

휘하 십만의 군사를 출병하고 중천왕자 주우명을 총병관(總
兵官)으로 삼아 지휘하게 하였다.

　십만 군사는 북경성을 포위한 상태에서 동서남북 네 곳의
성문만을 개방하고는 드나드는 모든 사람을 엄밀하게 조사했
다.

　그러나 강호인은 북경성의 출입이 완전히 제한되어 나가
지도 들어가지도 못하고 통제되었다.

　강호인들이 제아무리 변장을 해도 귀신같이 골라냈다. 외
모와 행동거지, 손발의 근육이나 도검을 오래 잡은 사람만의
굳은살, 공력이 있는지 없는지 유무를 샅샅이 살펴서 발각되
면 엄벌에 처했다.

　단 하나의 예외가 있는데 팔신궁 소속 고수들은 총병관이
내준 특별한 패를 보이면 무사통과했다.

　두 번째 사건은 팔신궁과 황궁고수들이 연합하여 북경 성
내를 끝에서 끝까지 샅샅이 뒤지기 시작했다는 것이다.

　무엇 때문인지, 누굴 찾고 있는 것인지는 팔신궁과 황궁밖
에 모른다.

　그리고 그들은 조금이라도 수상한 자는 닥치는 대로 잡아
들였다.

　그리고 세 번째와 네 번째 사건은 아직 일어나지 않았지만
팔신궁과 황궁에 의해서 은밀하게 진행되면서 무르익고 있는

중이다.

＊　　　＊　　　＊

낙양 천절문.

주소옥은 천절문주인 천중검비 영호승과 나란히 정원을 거닐고 있다.

주소옥은 지난 두어 달 사이에 몰라볼 정도로 수척해진 모습이다.

몇 가지 복잡한 일로 인해 영호승하고의 혼사가 제대로 진행되지 않고 있어서, 그로 인해 곤명 남령부가 여전히 위태로운 상황에 놓여 있다.

주소옥이 영호승하고 정식으로 혼인을 해야지만 남령부가 천절문의 사돈댁으로서 자연스럽게 강호의 일원이 되어 황궁이 건드릴 수 없는 존재가 되는 것이다.

그것도 그렇지만 주소옥을 더욱 힘들게 하는 것은 쾌도비에 대한 견디기 어려운 그리움이다.

그가 없으면 살아갈 수 없을 것이라고 예상했었다. 그런데 막상 그와 이별을 하고 나니까 그 정도가 아니라 매 순간을 견디는 것이 고통이 돼버렸다.

그녀에게 쾌도비가 이처럼 커다란 존재였으며 이토록 질

기고 억센 인연의 끈으로 묶여 있으리라고는 미처 예상하지 못했었다.

영호승은 정신없이 바쁜 와중에도 틈을 내서 주소옥과 함께 있는 시간을 만들려고 애를 썼으며, 그것을 주소옥은 잘 알고 있다.

그는 두어 달 전에 무정도 쾌도비가 주소옥을 천절문에 데리고 왔을 때, 그녀를 직접 보고는 남령부를 돕겠다고 나선 자신의 결정이 옳았음을 알았고 그녀에게 한눈에 사랑을 느꼈었다.

원래 그는 몇 년 전에 부인과 사별하고 혼자서 외롭게 남매를 키우면서 지내오며 측근들로부터 재혼하라는 주문을 많이 받았었고, 실제로 여러 여자를 소개받아서 만나보기도 했었다. 그렇지만 선뜻 마음이 내키는 여자가 한 사람도 없었다.

측근이나 친지들은 그가 아직도 죽은 전 부인을 너무 사랑하고 있는 나머지 다른 여자들에게 마음을 줄 생각을 하지 않는다고 여겼다.

그러다가 우연히 남령부에서 조심스럽게 혼사 얘기를 전해왔으며, 남령왕의 딸 남자봉 자봉공주가 배필이라는 말에 측근과 친지들이 이 혼사를 강하게 밀어붙였다.

북여의 남자봉의 소문은 천하를 진동하고 있으며 모든 남자의 선망의 대상인지라 영호승도 마지못해서 허락을 하고 자봉공주와 만날 날만을 기다렸었다.

그런데 막상 자봉공주를 직접 만나보니까 소문으로 들었던 것보다 훨씬 출중한 미모라서 한눈에 반해 버렸다.

더구나 그녀와 여러 방면의 대화를 해보고 또 한 지붕 아래에서 생활을 하는 동안 그녀가 어째서 남자봉이라는 미명을 얻었으며 천하의 남자들로부터 선망의 대상이 되었는지 자연스럽게 알게 되었다.

자봉공주는 그야말로 미모나 학식, 성품, 교양 등 어느 것 하나 완벽하지 않은 것이 없어서 영호승은 더욱 그녀에게 매료되었다.

그래서 지금의 그는 황궁이 아니라 강호와 천하 전체와 싸우더라도 반드시 자봉공주 주소옥을 자신의 아내로 맞이하겠다고 결심하기에 이르렀다.

"공주는 늘 얼굴이 어둡구려."

영호승이 보기에 자봉공주는 일국의 국모로서도 전혀 손색이 없는 재색겸비의 여자여서 자신에게는 분에 넘칠 정도라고 생각했다.

다만 그녀가 천절문에 온 이후 늘 슬픈 듯 어두운 얼굴이어서 그것이 못내 마음에 걸렸다.

물론 그녀가 부모님을 비롯한 남령부의 가족들을 걱정하기 때문이라는 것과, 그 걱정을 덜어주기 위해서는 한시바삐 그녀와 혼인을 해야 한다는 사실을 알고 있다.

그래서 그는 그녀가 천절문에 온 이후 쉴 틈도 없이 밤낮으로 노력하고 있지만 상황이 좋아질 기미가 보이지 않아서 그 자신도 걱정이 태산 같다.

천절문은 북경을 비롯한 천하 몇 군데에 지부를 두고 있으며 정보에서는 타의 추종을 불허하는 개방과 친분이 두터운 덕분에 낙양에 앉아서도 천하에서 일어나는 일들을 어렵지 않게 접할 수가 있다.

그에 의하면 낙양을 향해서 오십만의 군사가 그리고 곤명으로 삼십만 대군이 진군하고 있다고 한다. 즉, 그것은 황궁이 오십만 대군으로는 천절문을, 삼십만 군사로 남령부를 공격할 것이라는 뜻에 다름 아니다.

그것에 대해서 천절문 내에서도 의견이 분분했다. 오십만 대군에 맞서 싸울 대비를 해야 한다는 쪽과 겁만 줄 뿐이지 정말로 공격은 하지 않을 것이라는 쪽이다. 하지만 상황이 긴박하고 또 위태로운 것만은 분명한 사실이었다.

그뿐만 아니라 팔신궁과 황궁이 무정도를 잡으려고 혈안이 되어 날뛰고 있다는 정보도 있다.

그리고 팔신궁이 사신의 여의루와 북황도를 끌어들이려고 전력으로 노력하고 있다는 것, 뿐만 아니라 팔신궁주와 여의루주, 북황도주가 자금성에 들어갔다가 나왔다는 정보들도 속속 영호승의 귀에 들어왔다. 그중에서 어느 것 하나 소홀하게 여길 것이 없다.

영호승의 부드러운 염려의 말에 주소옥은 그를 바라보면서 엷은 미소를 지어 보였다.

하지만 영호승의 눈에는 그녀의 미소가 우는 것보다 더 슬프게 보였다.

"다 잘될 것이오. 너무 걱정하지 마시오."

영호승은 주소옥의 걱정을 덜어주려고 그녀의 부모를 천절문으로 모셔 오려는 계획도 세워봤었지만 현실적으로 불가능하다는 결론을 내렸다.

주소옥 한 사람만 데려오는 데도 천하가 뒤집힐 정도의 난리가 벌어졌는데, 만약 남령왕 부부가 움직인다면 그보다 더 하면 더했지 못하지는 않을 것이기 때문이다.

그러므로 현재 영호승으로서는 '다 잘될 것이다' 라는 뭉뚱그린 위로의 말 외에는 달리 해줄 말이 없다.

"문주."

그때 영호승의 측근호위 중 한 명이 앞쪽에서 다가가 공손히 허리를 굽혔다.

"급히 와보셔야 할 일이 생겼습니다."

주소옥과 함께 있을 때에는 무슨 일이 있어도 방해하지 말라고 주의를 주었는 데도 불구하고 측근호위가 달려왔다는 것은 심상치 않은 일이 발생했다는 뜻이다.

영호승은 모처럼 갖게 된 주소옥과의 오붓한 시간을 방해 받는 것이 싫었지만 가봐야 할 것 같았다.

"공주, 잠시 다녀오겠소."

영호승은 정중하게 말했으나 주소옥은 보일 듯 말 듯 고개를 끄떡일 뿐이다.

第六十五章

이려측해(以蠡測海)

—변변치 않은 작은 물건으로 큰 바다를 헤아린다

영호승은 몹시 긴장하여 빠르게 걸었다. 자신을 부르러 온 측근호위의 말에 의하면 여의루주와 북황도주가 사전에 아무런 통보도 없이 천절문에 들이닥쳤기 때문이다.

그 정도 큰일이라면 자봉공주하고의 오붓한 시간을 방해받는 것쯤은 문제가 아니다.

그보다 강호의 거물 중에서도 거물인 여의루주와 북황도주가 한 사람도 아니고 둘씩이나 천절문에 들이닥친 이유가 무엇인지 궁금했다.

더구나 팔신궁이 천절문을 공격하기 위해서 여의루와 북

황도에 전력을 기울이고 있는 상황이고, 또 황궁에서 여의루주와 북황도주, 팔신궁주를 모두 불러들여서 밀담을 나눈 이후라서 영호승을 더욱 긴장시켰다.

두 거물이 무엇 때문에 느닷없이 천절문에 찾아왔는지는 짐작조차 할 수 없지만, 영호승은 필경 좋지 않은 이유일 것이라고 짐작했다.

척!

영호승은 적잖이 긴장한 표정을 감추지 못한 얼굴을 하고 측근호위가 열어주는 접객실 안으로 들어갔다.

그의 시야에 가장 먼저 들어온 것은 저만치 탁자에 나란히 앉아서 차를 마시며 두런두런 담소를 나누고 있는 일남일녀의 모습이다.

영호승은 지금까지 여의루주 손효랑과 북황도주 위융을 한 번도 본 적이 없었다.

하지만 소문으로는 익히 들었으므로 탁자에 앉아 있는 두 사람이 바로 그 둘이라는 것을 보는 즉시 알아차렸고 절로 긴장이 됐다.

영호승의 부친인 전대 천절문주 천절성군 영호태(英豪太)는 육십팔 세의 나이로 손효랑과 위융보다는 십오 세 이상 많은 나이다.

그렇지만 어쨌든 세 사람은 강호에서 같은 배분의 거물로서 영호승에게는 아버지뻘 되는 인물들이다.

영호승이 실내에 들어섰으나 손효랑과 위융은 담소를 나누면서 나직한 웃음소리를 내며 영호승은 안중에도 없는 태도를 취했다.

영호승은 두 사람이 일부러 그런다는 것과 그들에게는 그럴 자격이 충분히 있다는 것을 알기에 탁자로 다가가서 정중하게 포권을 했다.

"후배 영호승이 두 분이 오시는 것을 몰라서 미처 영접을 하지 못했습니다. 용서하십시오."

두 사람은 그제야 대화를 중단하고 영호승을 쳐다보는데 표정이 좋지 않았다.

쾌도비가 그토록 사랑하는 주소옥을 나이 마흔 살이나 넘고 아이가 둘이나 딸린 홀아비 영호승이 뺏었으며, 쾌도비가 황궁과 팔신궁으로부터 추격을 받는 이유가 다 영호승 때문이라고 생각하기 때문이다.

손효랑은 그 덕분에 자신의 딸 은조가 쾌도비를 사랑할 수 있는 기회가 생겼지만 그건 그것이고 이건 전혀 별개의 일이라고 생각했다.

영호승은 두 사람의 표정을 보고는 역시 자신이 짐작했던 것처럼 이들이 찾아온 목적이 좋은 일은 아닐 것이라는 확신이 들었다.

최악의 경우에는 여의루와 북황도가 팔신궁 혹은 황궁의 요청을 받아들여서 함께 천절문을 공격하기로 했다는 내용일 것이다.

그런데 한 가지 의문은 설혹 그렇다고 해도 여의루주와 북황도주가 나란히 그 사실을 알리러 천절문에 친히 찾아왔다는 사실이다.

"랑 매가 말하시오."

위융은 찻잔을 들어 입으로 가져가면서 미소 띤 얼굴로 손효랑을 바라보았다.

"우린 한 가지 사실을 알리려고 왔네."

영호승은 이들이 단도직입적으로 본론을 말하려 한다고 생각하고 더욱 긴장했다.

"무엇입니까?"

그는 손효랑이 무슨 말을 할 것인지 대충 짐작은 하지만 마음이 무거웠다.

손효랑과 위융은 영호승에게 앉으라고 권하지도 않았다. 나이가 어리다고 해도 천절문의 문주라면 자신들과 동등한 지위인데도 지나친 처사하고 할 수 있다.

그렇지만 영호승은 너무 긴장하고 침통해서 그런 것에 신경을 쓸 겨를이 없었다.

"자네 수하들 나가라고 하게."

손효랑이 영호승 뒤쪽에 버티고 서 있는 네 명의 측근호위를 쳐다보며 냉랭하게 말하자 영호승은 뒤돌아보면서 고개를 끄떡였다.

사실 이런 자리에서는 측근호위 따윈 별 필요가 없다. 손효랑과 위융이 마음만 먹는다면 측근호위의 유무를 떠나서 영호승 한 명쯤은 충분히 요리할 수 있을 터이다.

실내에 세 사람만 남게 되자 손효랑은 예리한 눈빛으로 잠시 동안 지그시 영호승을 주시하다가 착 가라앉은 목소리로 말문을 열었다.

"본 루와 북황도는 팔신궁과 자금성으로부터 모종의 거래를 하자는 제의를 받았었네."

"알고 있습니다."

손효랑은 슬쩍 눈살을 찌푸렸다.

"듣기만 하게."

손효랑의 꾸짖음에 영호승은 씁쓸한 표정을 지었고, 위융은 느긋하게 미소 지으며 차만 마시며 모른 체했다.

영호승은 두 사람의 표정으로 보아 자신을 좋아하지 않는다는, 아니, 싫어한다는 느낌을 강하게 받았다.

실로 최악의 상황이다. 천절문이 가장 어려운 시기에 강호 최대 세력 중 두 곳의 수장에게 미움을 받는다는 것보다 나쁜 일은 없을 것이다.

"그러나 우린 팔신궁과 자금성의 요구를 단호하게 거절할 생각이야."

"……"

영호승은 움찔하면서 자신이 뭘 잘못 들은 게 아닌가 하는 표정을 지었다.

잘못 들은 것이 분명하다. 여의루주가 그런 말을 할 리가 없기 때문이다.

"아니지. 태자나 팔신궁주를 다시 만날 일이 없으므로 우리 생각을 알릴 수 있는 방법은 없는 게지."

손효랑이 방금 했던 말을 조금 고쳐서 다시 말하는 것을 듣고 나서야 영호승은 자신이 잘못 들은 것이 아니라는 것을 알았다.

"무슨… 말씀이십니까?"

"말한 그대로야. 여의루와 북황도는 자금성이나 팔신궁을 도울 생각이 전혀 없어."

"아……"

영호승은 손효랑의 말에 한숨 같은 긴 탄성을 흘렸다. 그러면서도 그녀의 말을 액면 그대로 믿기 위해서는 약간의 시간이 더 필요했다.

그러나 잠시 후에도 그는 손효랑의 말이 무슨 뜻인지는 이해할 수 있겠는데 믿을 수는 없었다. 쉽사리 믿기에는 너무 엄청난 내용이기 때문이다.

손효랑은 이제는 영호승에게 말할 기회를 주기 위해서 침묵을 지켰다.

쾌도비 때문에 영호승을 달갑게 생각하지 않는 손효랑과 위융은 그나마 그를 놀라게 만드는 약간의 재미로 조금 보상을 받았다.

"그렇습니까?"

영호승의 목소리는 왠지 자신감이 없게 들렸다.

"정말 고맙습니다."

그는 포권을 하고 깊숙이 허리를 굽히면서 이 두 명의 거물이 그 말을 직접 하려고 천절문까지 왕림하지는 않았을 것이라는 생각이 들었다.

그래서 이게 끝이 아니라 뭔가가 더 있을 것이라는 느낌이 강하게 뇌리를 때렸다.

그런데 저 두 명의 거물은 영호승을 노골적으로 싫어하는 듯한 표정이면서도 묘한 미소를 짓고 있다.

많은 사람이 흔하게 짓는 미소는 아니지만 영호승은 저런 식의 미소를 오래전에 본 기억이 있으며 그것이 뜻하는 바를 알 수 있을 것 같기도 했다.

그것은 흡사 아이에게 선물을 주기 직전에 짓는 부모의 미소를 닮은 것 같다. 하지만 사랑하는 아이가 아니라 미워하는 아이다.

"왜… 두 분께서 그런 결정을 내리셨는지 여쭤 봐도 되겠습니까?"

영호승은 매우 조심스럽고도 공손하게 물었다.

"팔신궁주는 본 루가 팔신궁과 협력하여 천절문을 공격하는 대가로 내게 은자 일억오천만 냥 정도를 매달 주겠다고 약속했었다."

"……."

지독하게 어마어마한 금액이라서 영호승은 또다시 말문이 막혀 버렸다.

"그런데 태자는 일 년간 천하의 곡전권을 주겠다면서 거래를 하자고 했었지."

"내게는 수전권을 준다고 하더군."

위융이 고개를 끄떡였다.

"곡… 전권. 수전권……."

영호승은 염전권이나 곡전권, 수전권이 무엇을 뜻하는지 잘 알고 있다.

염전권이나 곡전권은 천하에서 생산되는 모든 소금과 곡식에 대한 판매, 유통, 세금 부과 등에 관한 권한이고, 수전권은 천하의 모든 강과 운하, 호수, 바다를 운행하는 수십만 척의 배가 반드시 내야 하는 세금과 통행료, 운하 사용료 등을 뜻하는 것이다.

비록 일 년 동안이라고 하지만 곡전권과 수전권으로 벌어들일 돈의 액수가 얼마인지 계산조차도 할 수 없을 정도로 어마어마하다.

거기에 비하면 방금 전에 손효랑이 말했던 매달 은자 일억 오천만 냥은 부스러기에 불과하다.

그런데 믿을 수 없게도 손효랑과 위융이 그것을 포기했다는 것이다.

과연 역지사지(易地思之)로 입장을 바꿔놓고 생각한다고 해도 과연 영호승이라면 그런 엄청난 거래를 쉽사리 포기할 수 있었을까?

"그걸… 포기하셨다는 겁니까? 두 분 다?"

"그랬지."

손효랑과 위융은 똑같이 고개를 끄떡였다.

"이유를 물어봐도 괜찮겠습니까?"

"물어보게."

영호승은 정중한 자세를 취했다.

"말씀해 주십시오."

손효랑과 위융은 서로의 얼굴을 쳐다보고는 위융이 고개를 끄떡였다.

“랑 매가 말하시오.”

“우리가 매우 좋아하는 한 사람이 그렇게 하기를 원했기 때문일세.”

영호승은 끌려가듯이 물었다.

“그가 누굽니까?”

“무정도.”

손효랑은 짧게 말했다. 하지만 영호승은 그녀가 ‘무정도’라고 말할 때 진심에서 우러난 미소를 짓는 것을 놓치지 않았다. 그녀는 무정도를 매우 좋아하고 있는 것이 분명했다.

그렇지만 영호승은 그 말을 듣는 순간 화살이 심장에 박힌 듯한 충격을 받으며 호흡까지 멈춰졌다.

그는 이날까지 살아오면서 많은 경험을 했었고 또한 수많은 사람을 만났었지만, 그중에서 가장 크고 깊게 뇌리와 가슴에 새겨져 있는 한 사람을 꼽으라면 단연코 무정도라고 할 수 있을 것이다.

무정도하고의 만남은 매우 짧았으나 무엇보다도 강렬했다. 영호승은 천절문 전문 앞 대로상에서 무정도를 만났었던 일을 지금도 생생하게 기억하고 있다.

무정도는 자봉공주를 영호승 손에 정확하게 인도해 주었고, 그 직전에 영호승의 사제인 흑창사비 용연풍을 일 초식 단칼에 죽였었다.

그리고는 한마디 말도 없이 몸을 돌려 사라져 버렸다. 장장 일 년여 동안 이루 헤아릴 수 없을 정도의 난관을 헤치면서 만천하에 영웅으로 명성을 날린 무정도가 영호승에게 그 어떤 칭송의 말이나 대가도 요구하지 않고 홀연히 떠나 버린 것이다.

그런데 그 무정도가 여의루주와 북황도주를 설득하여 또다시 크나큰 도움을 주고 있다.

이것은 자봉공주를 곤명에서 낙양까지 호위해 온 것하고는 비교도 할 수 없는 일이다.

그때는 자봉공주 한 사람의 안위였으나 지금은 그녀를 포함한 천절문 전체를 구한 것이다.

무정도가 대체 무엇 때문에 이렇게까지 천절문을 위하는 것인지 모를 일이다.

아니다. 그는 천절문이 아니라 자봉공주를 위해서 이런 일을 하고 있는 것이 틀림없다.

그 순간 두 가지 생각이 영호승의 머릿속에서 교차했다.

하나는 무정도가 호위무사로서 자봉공주를 천절문에 무사히 데려다 준 것으로 만족하지 않고 그녀가 끝까지 무사해야지만 자신의 소임을 다했다고 생각한다는 것이다.

그리고 또 하나는 영호승으로서는 상상하기도 싫은 일이지만, 자봉공주와 무정도 사이에 야릇한 뭔가가 있을지도 모른다는 것이다.

흔히 있는 일로써, 어쩌면 두 사람은 일 년여의 멀고도 긴 여정 동안 남녀 간의 애정을 키웠을지도 모른다.

말하자면 천하에서 떠들고 있는 만리난도의 연애담에 대한 얘기다. 그래서 무정도는 끝까지 자봉공주를 위해서 헌신하고 있는 것이다.

그렇다면 거기에서 하나의 의문이 생긴다. 무정도가 이러는 것은 자봉공주뿐만 아니라 천절문과 영호승을 위한 길이기도 하다.

그리고 그 끝은 당연히 자봉공주와 영호승의 혼인으로 이어질 것이다.

만약 영호승의 짐작처럼 무정도와 자봉공주가 서로 사랑하는 사이라면, 그가 자봉공주를 포기하고 영호승과 혼인시킬 이유가 없지 않겠는가.

'그건 아닐 것이다.'

그래서 영호승은 자신이 반사적으로 떠올렸던 두 가지 생각 중에서 두 번째 가설은 전혀 이치에 맞지 않는다고 판단했다.

"무정도가 무엇 때문에 두 분을 설득한 것입니까?"

"설득?"

영호승의 물음에 손효랑과 위융은 다시 한 번 서로의 얼굴을 쳐다보고는 피식 웃었다.

"그는 우리를 설득하지 않았네."

"그럼……."

"우리가 그를 너무나 좋아하다 보니까 그가 원하지 않는 일은 하지 않으려는 것뿐일세."

영호승은 뭔가 자꾸 꼬이는 기분이 들었다.

"무정도가 원하지 않는 일이 무엇입니까?"

"무정도는 팔신궁과 황궁을 매우 증오하네. 그런데 우리가 팔신궁과 황궁을 돕는다면 그가 우릴 싫어하지 않겠나?"

"아……."

영호승은 확연하게 이해를 하지 못했으면서도 낮은 탄성을 흘렸다.

"어쨌든 무정도는 자네와 자봉공주가 무사히 혼인을 하길 원하고 있다네."

그 말에 영호승은 두 번째 상상, 즉 무정도와 자봉공주가 애정을 키웠을지도 모른다는 상상을 깡그리 지워 버렸다.

"부탁 하나 해도 되겠나?"

말은 처음부터 손효랑 혼자만 했다.

"무엇이든 말씀하십시오."

손효랑은 오십 세가 넘은 나이인데도 아직 희고 고운 손가락 하나를 세워보였다.

"자봉공주를 만나보고 싶네."

영호승은 움찔했다. 그 순간 한 가지 의심이 엄습했다. 이들이 지금까지 말한 것은 다 헛소리고 사실은 자봉공주를 죽이려는 것이 목적일지도 모른다는 상상이다.

그렇지만 영호승으로서는 선택의 여지가 없다. 만약 주소옥을 만나고 싶다는 이들의 요구를 거절하면, 조금 전에 말했던 은혜를 거둘 것 같기 때문이다.

하지만 만약 이들이 주소옥을 죽이려고 든다면, 그래서 그녀가 죽는다면 영호승은 모든 것을 잃고 만다.

손효랑은 그런 영호승의 내심을 훤하게 꿰뚫어 보면서 들고 있던 찻잔을 내려놓았다.

"융 가가, 천절문주가 우리에게 자봉공주를 보여줄 의사가 없는 모양이니까 우린 그만 가요."

"아닙니다. 잠시만 기다리십시오."

영호승은 흠칫 놀라 급히 밖으로 달려나갔다. 주소옥을 데려와서 자신이 옆에서 그림자처럼 지키면 괜찮을 것이라고 생각했다.

사륵…….

실내에 주소옥이 들어서자 차를 마시면서 담소를 나누던 손효랑과 위융은 그녀를 쳐다보고 움찔 몸이 굳었다.

비록 두어 달 동안 마음고생을 하느라 수척해진 모습이지만 주소옥의 미모는 여전히 절색이었다.

침어낙안(沈魚落雁)이고 폐월수화(閉月垂花)라는 말은 서시나 양귀비가 아닌 주소옥을 위해서 오래전부터 준비된 어휘인 것 같았다.

손효랑은 천하를 통틀어서 자신의 딸 은조의 미모와 비교할 수 있는 사람은 남자봉 자봉공주 한 사람뿐이며, 그렇다고 해도 자봉공주가 은조에 비해서 많이 뒤처질 것이라고 내심 자신만만했었다.

그런데 자봉공주를 실제로 이렇게 가까운 거리에서 보니까 그런 자신만만함이 일시에 물거품이 돼버렸다.

아니, 어떤 면에서는 자봉공주의 미모가 은조보다 뛰어났다. 아무리 그녀가 은조의 모친이라고 해도 인정할 것은 인정할 수밖에 없다.

다만 하늘이 공평한 이유는, 자봉공주가 더 아름다운 부분이 있으나 그에 반해서 은조가 더 아름다운 부분도 있다는 사실이다.

한마디로 은조와 자봉공주의 아름다움은 우열을 가릴 수가 없을 정도다.

자봉공주는 생기 넘치는 한 송이 붉은 모란꽃 같고 은조는 고고하고 우아한 백합꽃 같았다.

"과연 남자봉이로다……."

위융의 입에서 탄성이 흘러나와도 손효랑은 그를 꾸짖지 못했다. 그녀 역시 자봉공주의 미모를 인정하기 때문이다.

"앉아요."

먼저 정신을 차린 손효랑이 주소옥을 바라보며 탁자 맞은편을 가리켰다.

주소옥과 영호승은 나란히 앉았다. 주소옥은 무엇 때문에 강호의 거물인 손효랑과 위융이 자신을 보자고 했는지 모르지만 그저 초연한 표정이다.

주소옥을 가만히 살피던 손효랑이 이윽고 나직한 목소리로 입을 열었다.

"도비는 잘 있어요."

주소옥은 처음에는 그 말이 무슨 뜻인지 잘 이해하지 못했다. 그랬다가 잠시 후에 '도비'가 쾌도비를 가리키는 것인지도 모른다는 생각이 들어 얼굴에 생기가 돌며 환한 표정을 지었다.

[험! 얼굴 표정 들키지 않도록.]

그때 위융이 차를 마시는 척하면서 얼른 주소옥에게 전음을 보냈다.

화들짝 놀란 주소옥이 급히 평소의 표정을 되찾으려고 애쓰는 것과 동시에 영호승이 무심코 보는 것처럼 그녀의 얼굴을 쳐다보았다.

"도비가 누구죠?"

그녀는 차분하고도 관심이 없다는 듯한 표정으로 물었다.

"아아… 무정도를 말하는 거예요. 공주의 호위무사였던."

"아… 그 사람 이름이 쾌도비였죠."

주소옥은 그제야 생각이 난 듯한 표정을 지었다.

"그 사람에겐 고맙다는 말도 제대로 못해서 미안하군요."

"도비는 그런 건 전혀 개의치 않아요. 그러니까 신경 쓰지 말아요."

주소옥과 손효랑이 그저 평범한 일상적인 대화를 주고받는 동안에 위융은 차를 마시는 체하면서 주소옥에게 줄기차게 전음을 보내며 쾌도비의 근황에 대해서 자세한 설명을 시작했다.

주소옥은 한쪽 귀로는 손효랑의 말을 들으면서 다른 귀로는 위융의 전음을 듣느라 분주했다.

그녀는 비록 쾌도비를 직접 만나지는 못하지만 얼마 전까지만 해도 그와 가깝게 지냈던 사람들로부터 그가 어떻게 지내고 있는지 들으니까 마음이 한결 편해졌다.

영호승은 자주 두리번거리는 사람이 아니라서 처음에 주소옥의 얼굴을 한 번 보고는 이후 그녀를 살피지 않고 손효랑의 말에 귀를 기울였다.

후룩……

위융은 전음을 보내기 위해서 계속 차를 마시는 시늉을 하다 보니까 빈 찻잔을 씹어 먹을 듯이 빨아들이고 있었다.

"이런… 차를 더 드리겠습니다."

영호승이 일어나서 직접 찻주전자를 들어 위융의 빈 찻잔에 차를 따라주었다.

"흠! 차가 매우 맛있군. 많이 주게."

위융은 입술을 닦는 체하면서 연신 전음을 보냈다.

이윽고 위융은 배를 쓰다듬으면서 빈 찻잔을 내려놓았다.

"꺼억! 이제 그만 마시겠네. 배가 부르군."

그것은 주소옥에게 전음을 다 보냈다고 손효랑에게 알리는 신호다.

"자! 이제 중요한 얘기 두 가지가 남았군."

손효랑은 주소옥에게서 시선을 거두며 손가락 두 개를 세웠다가 하나를 꼽았다.

"쾌도비 말에 의하면 낙양으로 향하고 있는 군사들이 천절문을 공격할 가능성은 전혀 없다는군."

북쪽 국경을 떠나 낙양을 향해 이동하고 있는 군사의 수는 십오만으로 알려졌고, 현재 낙양 북쪽 삼백여 리 지점까지 와 있다고 한다.

천절문에서도 갑론을박 의견이 분분했으나 군사들이 남진하는 것은 단지 겁을 주려는 의도이지 실제로 천절문을 공격하지는 않을 것이라는 쪽으로 결론을 내렸었다.

그렇지만 십오만 군사가 낙양에 점점 가까이 다가올수록 불안해지는 것은 사실이었다.

"쾌도비는 군사들이 절대로 황하를 건너지 않을 것이라고 장담했다네."

"그의 말대로 된다면 다행입니다."

손효랑은 나머지 손가락을 접었다.

"또 한 가지. 팔신궁은 천절문을 공격하겠다고 태자에게 말했다네."

"그렇습니까?"

영호승의 목소리에 긴장이 서렸다. 천절문과 개방의 정보통이 아무리 빠삭하다고 해도 자금성 안에서 태자와 나눈 밀담까지 알아낼 수는 없었다.

"팔신궁 혼자라면 겁나지 않습니다."

"그렇지. 혼자라면 말이야."

영호승이 자신 있게 말하자 손효랑은 뜻 모를 미소를 지으면서 고개를 끄떡였다.

"그러나 담중부 그 늙은 구렁이가 과연 팔신궁만으로 천절문을 공격하려는 것일까?"

영호승은 초조한 표정을 지었다.

"뭔가 알고 계시는 게 있습니까?"

"나도 모르네. 그러나 강호에는 사신육비만 존재하는 것이 아니라는 사실을 알아두게."

팔신궁이 여의루와 북황도의 협조를 얻어내지 못했더라도 강호에는 수많은 방파와 문파가 있으므로 팔신궁에 협조할 세력은 많을 것이라는 뜻이다.

영호승은 여의루와 북황도가 협조하지 않으면 팔신궁 단독으로 천절문을 공격하지는 못할 것이라고 방금 전까지 확신했었으나 손효랑의 말에 그 확신은 곧 무너졌다.

물론 강호에서 가장 막강한 세력은 사신으로 구파일방을 훨씬 능가한다.

하지만 사신에는 미치지 못한다고 하더라도 서너 개 혹은 대여섯 개가 합쳐지면 사신 중에 하나를 능가할 만한 방파나 문파는 부지기수로 많다.

그러므로 팔신궁이 수단과 방법을 가리지 않는다면 그런 방파와 문파를 찾아내서 규합하여 대규모로 천절문을 공격하는 것은 어려운 일이 아니다.

영호승의 얼굴이 눈에 띄게 어두워졌다. 전혀 예상하지 않았던 뜨거운 불덩어리 하나를 가슴속에 품었기 때문이다. 그리고 그것만큼은 손효랑이나 위융, 그리고 무정도라고 해도 어쩌지 못할 것이라는 생각이 들었다.

"공주, 부탁 하나 해도 될까요?"

문득 손효랑이 주소옥에게 넌지시 물었다.

"말씀 낮추세요. 불편합니다."

"하아… 그럼 그럴까?"

주소옥이 공손하게 청하자 손효랑은 못 이기는 체했다.

"뭔지 말씀해 보세요."

"공주 거처에서 당분간 지내면 어떨까 해서 말이야."

"루주께서요?"

"융 가가도 함께."

주소옥이 뜻밖인 듯 눈을 동그랗게 뜨자 손효랑은 넉살 좋게 팔꿈치로 위융을 쿡 찔렀다.

주소옥보다는 영호승이 더 놀라서 뭐라고 말하려는데 주소옥이 환하게 미소 지으며 찬성했다.

"소녀는 언제든지 환영이에요."

적잖이 당황한 영호승이 한 걸음 늦게 중재에 나섰다.

"두 분께선 혹시 다른 볼일이 있으십니까?"

손효랑은 벌써 일어나 주소옥의 손을 잡고 문으로 걸어가며 태연하게 대답했다.

"여의루와 북황도가 천절문을 지켜주려면 우리 두 사람이 여기에서 묵어야 하지 않겠는가?"

"……."

영호승은 또다시 할 말을 잃었다. 손효랑의 말인즉 팔신궁이 강호의 어떤 방파나 문파를 끌어들여서 공격을 해온다고 해도 여의루와 북황도가 천절문을 도와서 그들을 막을 것이라는 뜻이 아닌가.

영호승은 평소에 똑똑하기로 정평이 난 사람이지만 오늘만큼은 바보가 된 기분이다. 그는 막 일어서고 있는 위융에게 급히 물었다.

"정말입니까?"

"만약 천절문에 여의루와 본 도의 고수들이 먹을 식량이 부족하거나 기거할 장소가 없다면 그 문제는 다시 한 번 생각해 보도록 하겠네."

"아, 아니, 식량과 거처할 장소는 염려 마십시오!"

막 문을 나서고 있는 손효랑이 뒤돌아보며 위융에게 일침을 놓았다.

"융 가가는 도비가 우리더러 천절문을 도우라고만 말했지 피해는 주지 말라고 한 말을 잊었나요?"

영호승은 그 자리에 얼어붙었다. 여의루와 북황도가 전격적으로 천절문을 돕겠다고 나선 것 역시 무정도 쾌도비의 뜻이었다는 것이다.

그에게 무정도라는 존재는 마치 태산처럼 거대하게만 느

껴졌다.

영호승은 오랜만에 느긋한 기분으로 자신의 거처에서 차를 마시고 있었다.

손효랑, 위융과 한 시진 정도의 대화는 영호승에게 폭풍처럼 격렬한 충격을 주었으나 그로 인해서 그의 걱정거리가 완전히 사라졌다.

손효랑과 위융이 천절문에 묵는 동안에는 팔신궁이 제아무리 발악을 하더라도 끄떡없을 것이다. 사신 중에 삼신이 합쳐진 세력을 팔신궁이 어찌 감당하겠는가.

손효랑과 위융이 주소옥을 좋아하고 또 그녀 역시 두 사람과 함께 있으면 즐거워하니까 다행한 일이다. 두 사람이 죽을 때까지 천절문에서 묵는다고 해도 영호승은 쌍수를 들어서 환영이다.

"문주."

"뭐냐?"

영호승은 측근호위 한 명이 실내로 들어설 때까지도 기분이 매우 좋았다.

"문주께서 여의루주 북황도주와 대화를 하고 계시는 동안 태상문주께서 떠나셨습니다."

"아버님께서 떠나? 어디로 말이냐?"

전혀 예상하지 않았던 일에 영호승은 의아한 표정을 지었다.

"무정도를 찾아서 죽이겠다고 말씀하셨습니다."

"무정도를?"

영호승은 크게 놀라 벌떡 일어섰다.

"소저와 삼 공자를 데리고 가셨습니다."

"이런……."

소저라면 영호승의 막내 누이동생 영호빈(英豪璸)이고 삼 공자는 삼 사제인 백무평(白茂萍)을 가리킨다.

부친에게는 네 명의 제자가 있으며, 첫째가 영호승이고 둘째는 죽은 용연풍이며, 셋째가 백무평, 넷째이며 막내가 영호빈이다.

영호승은 크게 당황해서 어쩔 줄 몰랐다. 무정도 덕분에 천절문이 겨우 위기를 넘기는가 하는 판국에 부친이 무정도를 죽이러 떠났다니 이런 말도 안 되는 일이 어디에 있다는 말인가.

아마도 부친은 이 사제 용연풍의 복수를 하러 직접 나선 모양이다.

그러나 만약 무정도를 죽인다면, 그래서 부친이 그를 죽였다는 사실이 천하에 알려진다면 그야말로 평지풍파가 일어나고 말 것이다.

강호에서 영웅으로 부상한 무정도를 죽일 경우 천절문은 변명할 겨를도 없이 뭇매를 맞게 될 것이다.

아니, 그런 것은 어쨌든 상관이 없다, 더 큰 문제는 무정도 덕분에 기껏 도와주겠다고 나선 손효랑과 위융이 무정도의 죽음 때문에 오히려 적으로 돌변할 것이라는 사실이다.

"아버님께서 언제 떠나셨느냐?"

영호승은 급히 문으로 달려가며 물었다.

"두 시진쯤 됐습니다."

그는 뚝 걸음을 멈추었다. 부친과 영호빈, 백무평은 절정고수다. 두 시진이면 이미 낙양을 훨씬 벗어나 이백여 리 이상은 갔을 것이니 그가 지금 출발한다고 해도 따라잡는 것은 무리다.

"전서구를 준비하라!"

그는 급히 외치고 서찰을 쓰기 위해 탁자 앞에 앉았다.

第六十六章

누란지위(累卵之危)

―― 알을 쌓은 것처럼 위태롭다

쾌도비와 은조, 요령, 위걸 등은 북경 성내에 있는 여의루의 또 다른 장원에서 묵고 있다.

손효랑과 위융은 은조와 위걸, 그리고 여의루와 북황도의 최정예 고수 이십 명이 쾌도비를 보필하도록 했다.

그들이 영정하 강변의 장원 추영원에서 이곳 북경 성내의 낙일장(落日莊)으로 옮기고 나서 나흘 후에 좌우도독부 십만 군사가 북경성을 포위했으며 아울러 팔신궁이 성내를 이 잡듯이 뒤지기 시작했다.

그러나 쾌도비 등에겐 그런 것이 조금도 문제가 되지 않았다. 쾌도비의 부탁으로 팔신궁 만사당주 문정호가 북경성 밖으로 언제든지 자유롭게 출입할 수 있는 패 한 개를 주었으며, 또한 쾌도비와 요령에겐 전설의 신붕인 철황과 흑신이 있기 때문이다.

낙일장에 밤이 찾아왔다.

"이게 내가 알아낸 전부야."

요령이 종이 한 장을 탁자에 내려놓았다.

쾌도비와 은조, 위걸은 동시에 종이에 적힌 글을 읽느라 머리를 맞댔다.

종이에는 다섯 개의 방파와 문파 명칭과 소재지 등이 적혀 있었다.

"아니, 이것들은 전부 마도(魔道)… 읍!"

은조가 놀라서 쾌도비를 쳐다보면서 말하다가 때마침 그녀를 쳐다보던 쾌도비와 정통으로 입술이 부딪쳤다.

종이에 적힌 것을 읽으려고 머리를 맞대고 있었기 때문에 서로를 쳐다보는 순간 일이 벌어진 것이다.

두 사람은 입술을 맞댄 상태로 눈을 동그랗게 뜨고 소스라치게 놀라는 표정을 지었다.

"꺅!"

은조는 비명을 지르면서 뒤로 물러나 두 손으로 빨개진 뺨을 감쌌다.

"이거… 미안하오."

"몰라요!"

은조는 몸을 좌우로 흔들면서 예쁘게 소리쳤다.

"쾌 형, 정말 부럽소."

위걸은 노골적으로 쾌도비가 부러워서 죽겠다는 표정을
짓더니 은조에게 애원조로 말했다.

"은 소저, 내게도 한 번 해주면 안 되겠소?"

"일장이라면 언제라도 좋아요."

은조는 눈을 흘기면서 오른손을 들어 당장에라도 장풍을
발출하려는 자세를 취했다.

위걸은 가슴을 활짝 펼치고 눈을 감으며 황홀한 표정을 지
었다.

"은 소저의 일장이라면 언제든지 환영이오. 나는 준비됐으
니 언제라도 발출하시오."

"정말 걸 가는……."

은조는 어이없다는 얼굴로 고개를 가로저었다.

뻑!

"왁!"

그 순간 가만히 있던 요령이 주먹을 힘껏 휘둘러 위걸의 가
슴을 강타했다.

팔신궁이 무슨 짓을 하는지 알아내려고 혼자서 동분서주하다가 며칠 만에 돌아온 그녀 앞에서 세 사람이 하는 꼴이 하도 같잖아서 화가 치밀었던 터에 위걸이 본보기로 걸린 것이다.

마음 같아선 위걸의 갈비뼈를 모조리 박살 내고 싶지만 그녀는 장풍을 전개할 줄 모른다.

그러나 눈을 감고 있던 위걸은 은조가 일장으로 자신의 가슴을 가격했다고 믿었다.

그는 몇 걸음 뒤로 물러섰다가 눈을 뜨고 감격한 표정으로 은조를 바라보았다.

"은 소저가 마침내 내 마음을 받아주었구려."

"걸 가, 다치지 않았어요?"

위걸은 약간 뻐근한 가슴을 불쑥 내밀며 호탕하게 웃었다.

"하하하! 아무렇지도 않소! 이 정도라면 백 번이라도 더 맞을 수 있소!"

"좋아. 그렇다면 백 대 때려주마."

요령이 팔을 걷어붙이고 나서자 위걸은 어리둥절한 표정을 지었다.

"그럼 방금 때린 사람은……."

"그래, 나야. 이번에는 어딜 맞을래?"

위걸은 울상을 지었다.

"에구… 나는 맞을 복도 없구나."

쾌도비와 은조 등은 술자리를 벌여놓고 둘러앉았다. 요령이 수고했기 때문에 그녀를 위한 술자리다.

술고래인 요령은 요리는 거들떠보지도 않고 술 마시기에 바쁘고 쾌도비와 은조, 위걸은 요령이 갖고 온 정보를 놓고 진지하게 토론에 들어갔다.

"여기에 적힌 방파나 문파는 하나같이 마도의 굵직한 세력이에요."

"팔신궁이 마도를 끌어들이려는 것 같소."

은조의 말에 쾌도비가 묵직하게 말했다.

"팔신궁은 정파의 대방파이면서 어떻게 마도와 손을 잡을 위험한 생각을 한 건지 모르겠군요."

원래 강호는 정파와 사파, 마도로 구성되어 있으며, 녹림이 있지만 정, 사, 마도는 녹림을 강호의 구성원으로 쳐주지 않는다.

또한 정파는 사파나 마도를 천시하며 명백하게 악(惡)으로 규정하고 있다.

특히 마도는 수천 년 무림사를 통해서 몇 차례나 강호에 혈겁을 일으켜 수십만 명의 목숨을 앗았던 과오가 있기 때문에 정파는 마도를 원수처럼 여겨왔다.

그런데 팔신궁이 마도의 내로라는 방파와 문파들을 끌어들이려 하고 있다. 물론 이유는 천절문을 멸문시키려는 것이 분명하다.

"요 낭자, 팔신궁주에게 밀명을 받고 천하 각지로 떠난 자가 몇 명이나 되는지 아나요?"

은조의 물음에 요령은 입에서 술병을 떼고 손등으로 입술을 닦으며 대수롭지 않게 대꾸했다.

"정확하게는 모르지만 수십 명은 될 걸? 며칠 사이에 팔신궁에서 나온 자들이 여기저기로 떠나는 바람에 나도 정신이 없었어. 그래서 나는 그중에서 다섯 명만 골라서 미행했던 거고."

요령은 몸이 하나뿐이라 그들 모두를 미행할 수가 없어서 며칠에 걸쳐서 흑신을 타고 한 명씩 다섯 명만을 미행했던 것이다.

은조는 요령이 다시 술병을 입에 무는 것을 보고 나서 심각한 표정을 지으며 쾌도비와 위걸을 번갈아 바라보았다.

"이것은 소녀의 개인적인 염려지만… 어쩌면 팔신궁은 마도만이 아니라 사파에게까지 손을 뻗쳤을지 모른다는 생각이 드는군요."

은조가 염려하는 일은 사실일 것이다. 마도방파들을 끌어들이고 있는 팔신궁이 사파를 그냥 둘 리가 없다.

사파도 마도에 비해서 뒤지지 않는 세력을 지니고 있는 반면에 마도보다는 끌어들이기 쉬울 것이다.

사파는 마도 같은 도도함이나 완고함이 없으며 돈만 주면 무슨 일이든지 하려고 든다.

"그래서 팔신궁주가 태자 앞에서 천절문을 멸문시키겠다고 큰소리쳤던 거였어요. 믿는 구석이 있었죠."

위걸이 주먹을 움켜쥐며 와락 인상을 썼다.

"정파의 금기인 마도, 사파와 결탁하다니. 막 나가는구나, 팔신궁."

"이 일을 어떻게 하면 좋아요? 이대로 놔뒀다간 팔신궁이 마도와 사파의 방파, 문파들을 끌어들여서 천절문을 공격할 텐데……."

은조의 말에 위걸은 그녀와 쾌도비를 번갈아 쳐다보았다.

"생각하는 것은 두 사람이 하시오. 그 대신 힘쓰는 것은 내가 하겠소."

쾌도비는 미간을 잔뜩 찌푸리며 중얼거렸다.

"팔신궁 뒤에는 황궁이 버티고 있소. 그러니까 팔신궁이 무슨 짓을 저질러도 웬만한 일은 황궁이 다 막아주고 해결해 줄 것이오."

은조가 고개를 끄떡였다.

"팔신궁으로서는 이것이 최후의 수단일 거예요. 그래서 결

사적일 테고, 만약 이번 일이 무산되면 팔신궁으로서도 천절
문을 칠 방법이 없을 거예요."

"그렇게 된다면 황궁에서는 두 가지 선택을 할 수밖에 없
을 것이오. 군사를 동원해서 강호와 전쟁을 벌이느냐, 아니면
남령부를 포기하느냐는 것이오."

은조는 고개를 끄떡이다가 문득 생각나는 것이 있어서 궁
금한 표정을 지었다.

"황궁은 대체 무엇 때문에 이렇게까지 남령부를 토벌하려
는 걸까요?"

"자봉공주 말에 의하면 원래 선황이 태자로 책봉한 사람은
남령왕 주휘광이었소. 그런데 형인 주진무가 음모를 꾸며서
남령왕에게 대역죄를 뒤집어씌워서 내쫓고 스스로 황제가 된
것이오."

그런 소문은 천하에 파다해서 은조로서도 익히 들었으나
쾌도비에게 듣는 것이 처음인 듯 새삼스러운 표정으로 고개
를 끄떡였다.

"그렇군요."

"그런데 황제는 눈엣가시 같은 남령왕과 그 세력을 몰살시
켜서 화근을 없애려는 것이오."

"남령왕은 유배지에서 별문제를 일으키지 않고 착실하게
살아가고 있는데 황제가 군사를 동원해서 남령부를 토벌하면

천하의 원성을 사게 될 거예요. 그래서 팔신궁에 청부를 한 것이군요."

"그렇소."

"그런데 처음부터 일이 틀어져 버려서 이 지경까지 이르렀군요. 거기에는 쾌 소협이 큰 역할을 하셨어요."

팔신궁은 자봉공주를 죽여서 남령부와 천절문의 혼사를 원천적으로 끊어버리고, 그 후에 남령부를 처리하려고 했는데 쾌도비 때문에 아예 첫걸음조차도 떼지 못했다.

"그런 데다가 쾌 소협이 보현공주를 죽였으니 황궁으로서는 자봉공주를 암살하는 것 이상으로 쾌 소협에게 복수하려고 들 거예요."

쾌도비는 씁쓸한 표정을 지었다.

"지금쯤 팔신궁에서도 내가 담무군을 죽였다는 사실을 알았을 것이오."

"쾌 소협 특유의 수법으로 담무군을 죽였기 때문일 거예요."

지난번에 예건후는 담무군의 시체를 보고는 즉시 무정도의 수법이라고 간파했었다.

휘익!

쏴아아!

그때 갑자기 밖에서 몇 줄기 어지러운 그러나 크지 않은 파공음이 들리자 쾌도비를 비롯한 네 명은 약속이나 한 듯이 일제히 창을 활짝 열고 밖으로 쏟아져 나갔다.

"잡아라."

그들이 거의 동시에 내려선 곳은 정원인데 좌측 전각 너머에서 누군가의 나직한 외침이 들렸으며, 은조는 그것이 자신의 측근호위 여의사령 중 한 명의 목소리라는 것을 즉시 간파했다.

쾌도비 등이 전각을 날아서 넘자, 전각 앞의 마당에 검을 쥔 한 명의 흑의인이 다급한 동작으로 담을 향해 쏘아가고 있는 모습이 보였다.

그리고 여의사령을 비롯한 여의루 여고수들과 북황도 고수들이 흑의인의 앞을 가로막거나 사방에서 포위한 상태에서 포위망을 좁혀들고 있었다.

"침입자는 두 명인데 한 명은 도주하여 현재 추격하고 있습니다."

여의사령 중 한 명이 은조에게 빠른 어조로 보고하면서 담 바깥쪽을 가리켰다.

쾌도비는 흑의인이 누군지 모르지만 자신들을 염탐하고 있다가 발각됐을 것이라고 판단했다.

이곳 낙일장은 여의루와 북황도의 최정에 고수 이십 명이 물 샐 틈 없이 지키고 있는 중이다.

그런데 쾌도비 등이 있는 깊숙한 곳까지 잠입하여 염탐을 하다가 뒤늦게 발각된 것을 보면 흑의인은 범상한 인물이 아닌 것이 분명하다.

팔신궁이 날마다 북경 성내를 샅샅이 수색하고 있으며, 이곳 낙일장에도 두 차례 다녀갔으나 쾌도비들과 여의루, 북황도의 고수들은 그때마다 미리 알아차리고 지하밀실에 숨어 있었기 때문에 별 탈 없이 지나갔었다. 표면적으로 낙일장은 은퇴한 학사의 장원으로 꾸며져 있다.

흑의인이 두 명이며 한 명은 도주했고 여의루와 북황도 고수 몇 명이 추격 중이라고 했다.

흑의인의 정체가 무엇이든 간에 현재 북경 성내는 팽팽한 긴장이 감돌고 있는데 적막한 한밤중에 추격전이 벌어진다면 자칫, 아니, 십중팔구 눈에 띄게 될 것이다.

그리되면 쾌도비는 물론이고 은조의 존재도 자연히 드러날 수밖에 없을 터이다.

쾌도비는 즉시 오른팔의 공력을 귀로 보내서 청력을 극대화하여 도주한 흑의인의 행방을 감지해 보았다.

고요한 한밤중이라서 동북쪽 수백 장 밖에서 옷자락 펄럭이는 소리가 어지럽게 나는 것이 즉시 감지됐다.

"잡아오겠소."

"같이 가요."

쾌도비가 동북쪽으로 방향을 잡고 비조행을 전개하자 은조가 즉시 뒤따랐다. 쾌도비는 그녀를 만류하고 싶었으나 그럴 겨를이 없다.

"걸 가, 여길 부탁해요."

"은 소저, 쾌 형을 잘 보필하시오."

은조의 말에 이어 위걸의 대답은 담 너머에서 들렸다.

"이리 오시오."

쾌도비는 달리면서 오른팔의 공력을 두 다리로 보내는 것과 동시에 왼손을 뒤쪽의 은조에게 뻗었다.

은조는 그의 의도를 짐작하고 가까이 다가오면서 얼굴을 살짝 붉혔다.

쾌도비는 왼팔로 그녀의 가느다란 허리를 휘감아 안고 발끝으로 힘껏 지면을 박찼다.

"철황아, 안내해라."

그의 말이 떨어지기 무섭게 앞쪽 허공에 하나의 시커먼 그림자가 유령처럼 나타나 쏘아나갔다. 철황이 도망친 흑의인이 가고 있는 길을 안내하려는 것이다.

쉬이이―

쾌도비가 비조행을 전개하자 원래 일절이라고 할 수 있을 정도로 빠른 데다 오른팔의 공력이 가미되어 서너 배 이상 쾌속해졌다.

"아아… 굉장한 속도예요."

은조는 세찬 바람 때문에 묶어서 올렸던 머리카락이 풀어져서 날리며 탄성을 토했다.

그러나 지독하게 빠른 속도 때문에 숨을 쉬는 것이 용이하지 않고 또 맞바람에 얼굴이 따가워서 얼굴을 쾌도비의 가슴에 묻으며 몸을 틀었다.

"……!"

그렇게 몸을 틀어 그에게 안기는 바람에 뜻하지 않은 일이 벌어졌다.

그녀의 한쪽 팔은 그의 등에, 다른 팔은 가슴을 안았으며, 또한 그녀의 오른쪽 젖가슴이 그의 겨드랑이 아래쪽 완강한 근육에 짓눌렸다.

뿐만 아니라 그녀의 두 다리가 벌어져서 은밀한 부위가 그의 허벅지 바깥쪽을 지그시 압박했다.

그런 사실을 느끼고 깜짝 놀랐으나 그녀는 호들갑스럽게 행동할 수가 없어서 그대로 가만히 있었다.

쾌도비는 아무런 반응도 보이지 않고 부지런히 두 다리를 움직여서 바람처럼 빠르게 달리기만 했다.

그의 왼발이 지면을 디딜 때마다 허벅지의 근육이 꿈틀거리는 것이 그녀의 은밀한 부위와 허벅지 깊숙한 곳으로 생생하게 전해졌다.

이런 묘한 자세와 그의 허벅지가 꿈틀거리는 것 때문에 이성을 잃고 흥분을 느낄 만큼 그녀는 천박하고 가벼운 여자가 아니다.

하지만 부끄러움과 긴장 때문에 온몸의 피가 얼굴로 다 몰려들고, 전신의 신경이란 신경은 모조리 은밀한 부위에 집중되는 신체의 반응까지는 어쩔 수가 없었다.

"저기 가고 있소."

쾌도비가 전방을 주시하며 나직하게 중얼거리는 바람에 은조는 번쩍 정신을 차렸다.

그녀가 쳐다보니 전방의 곧게 뻥 뚫린 대로 끄트머리에서 한 명의 흑의인이 나는 듯이 쏘아가고 있으며, 그 뒤 불과 오륙 장 거리로 두 명의 여의루 여고수와 두 명의 북황도 고수가 뒤쫓고 있다.

은조는 이제 곧 흑의인을 잡을 수 있을 것이라고 생각하면서 대로가 끝나는 지점의 앞쪽을 보다가 흠칫 놀라 눈을 동그랗게 떴다.

대로가 끝나는 곳부터 탁 트인 드넓은 광장이 펼쳐져 있으며 그 앞쪽에는 해자가 파여 있고, 그 너머에 거대하고도 높은 담이 시커멓게 가로막혀 있는 것이 보였다.

'자금성!'

그 순간 은조는 두 가지 사실을 깨달았다. 흑의인이 자금성

에서 온 황궁고수라는 것과 그래서 더 이상 추격하면 안 된다
는 사실이다.

"멈춰!"

그녀가 다급히 소리치고 있을 때 쾌도비는 오른발에 더욱
힘을 주어 화살보다 빠르게 쏘아 나가기 시작했으며, 흑의인
은 해자를 건너고 네 명의 여의루와 북황도 고수는 광장으로
들어서고 있었다.

그녀의 멈추라는 외침을 여의루와 북황도 고수들은 흑의
인에게 하는 소리로 오해했다.

"안 돼! 더 이상 추격하지 말고 멈춰!"

그녀가 다시 다급하게 외칠 때 쾌도비는 대로의 끝 지점에
이르러 있었다.

그리고 네 명의 여의루와 북황도 고수는 허공을 날아 해자
를 건너고 있다가 급히 뒤돌아보았다.

네 명의 여의루와 북황도 고수가 해자를 건넜을 때 흑의인
과의 거리는 불과 삼 장 남짓이었다.

두 명의 여의루 여고수는 은조의 외침을 듣는 순간 해자 건
너편에 급히 멈췄으나, 두 명의 북황도 고수는 이제 조금만
더 힘을 내서 달리면 흑의인을 잡을 수 있다는 욕심에 더욱
속도를 내서 달려갔다.

흑의인은 자금성의 담을 향해서 광장을 가로질러 곧장 질

주했고, 두 명의 북황도 고수는 이 장 반으로 좁혀진 거리를
더 좁히려고 전력을 다해서 달렸다.

"안 돼! 돌아와!"

은조가 더욱 다급하게 외치는 것과 자금성의 높고 긴 담 위
에 수백 명의 검은 그림자가 느닷없이 나타난 것은 동시에 일
어난 일이다.

투앙—

고요한 밤하늘에 마치 큰 북을 힘껏 두드리는 듯한 굉음이
울려 퍼졌다.

쏴아아—

그리고는 어슴푸레한 밤하늘이 보이지 않을 정도의 수백
발의 화살이 허공을 뒤덮으며 날아올랐다.

쾌도비는 움찔하며 해자 직전에 급히 멈추고 새카맣게 쏘
아오는 화살들과 그것이 소나기처럼 쏟아져 내려오는 아래쪽
을 쳐다보았다.

자신을 향해 쏟아져 내리는 소나기 같은 화살을 보면서 당
황하고 있는 두 명의 북황도 고수와 다른 두 명의 여의루 고
수의 모습이 보였다.

그들 네 명은 전력을 다해서 되돌아 달려오면서 고개를 돌
려 밤하늘을 쳐다보며 무기를 뽑았다.

화살이 쏟아지면 쳐내려는 것인데 한두 발도 아니고 수백

발을 쳐내는 것은 무리다.

자금성 쪽으로 너무 깊숙이 들어간 두 명의 북황도 고수는 기적이 일어나지 않는 한 고슴도치처럼 화살이 꽂혀서 죽을 것이다.

그리고 두 명의 여의루 고수도 화살들이 도달하기 전에 해자를 건널 수 있다면 무사하겠지만 그러지 못하면 낭패를 당하고 말 터이다.

발사된 화살의 사정권은 해자까지다. 그렇지만 그들이 위험에 직면하기 전에 해자를 건널 수 있는 가능성은 희박해 보인다.

탓—

"앗!"

은조는 쾌도비가 갑자기 자신을 내려놓고 해자를 향해 신형을 날려 쏘아가자 깜짝 놀랐다.

그가 대체 무엇을 하려는 것인지 알 수가 없다. 소나기처럼 쏟아지는 화살 더미 아래로 쏘아가는 것은 자살행위나 다름이 없다.

쾌도비는 순식간에 해자를 오 장여 남겨둔 지점까지 이르러 품속에서 비도쾌를 꺼내 오른손에 쥐고 비쾌법 이 초식 고금제일도를 전개했다.

후우웅…….

창룡의 탄식 같은 기음이 길게 울려 퍼지면서 비도쾌에서 뿜어진 무형의 강기가 긴 띠를 만들어 전방의 허공을 휘감으며 후려쳤다.

파아아—

짧은 순간 무형 강기가 해자를 건너고 있는 두 명의 여의루 고수 위쪽에서 쏟아지는 화살들을 퉁겨내면서 일종의 지붕 같은 막을 형성했다.

투타타타탓—

수십 발의 화살이 무형 강기와 막에 퉁겨서 부러지거나 날아갔다.

하지만 무형 강기의 사정권은 두 명의 북황도 고수에게까지는 미치지 못했다.

여의루 두 명의 고수가 해자 이쪽 편에 내려서는 것과 동시에 쾌도비가 해자를 날아 건너면서 두 번째 고금제일도를 전개하려고 할 때 수십 발의 화살이 두 명의 북황도 고수 머리 위에서 쏟아져 내렸다.

그런데 바로 그때 시커멓고 커다란 그림자 하나가 북황도 고수들 머리 위로 낮게 깔려 날아들었다.

파타타타타—

시커먼 그림자는 철황이다. 양쪽 날개를 활짝 펼친 철황 아래에 있는 두 명의 북황도 고수는 마치 커다란 우산 밑에 있는 것 같아서 털끝조차 다치지 않았다.

쾌도비는 혹시 철황이 다치지 않을까 걱정했으나 수십 발의 화살은 무쇠로 만든 솥뚜껑에 부딪친 듯 철황의 날개와 몸통에 부딪쳤다가 부러지고 튕겨져 나갔다.

"잘했다, 철황."

쾌도비는 철황을 스쳐 지나면서 십오륙 장 전방에 달려가고 있는 흑의인을 향해 전력으로 쏘아갔다. 여의루와 북황도 고수들을 살리고 나니까 이제는 흑의인을 처치해야겠다는 생각이 들었다.

"아……."

은조는 해자 너머로 쾌도비가 빠른 속도로 멀어지는 모습을 보면서 가슴을 졸였다.

그녀는 흑의인을 죽이려고 하는 쾌도비의 의도를 짐작할 수가 있다.

흑의인은 낙일장에 잠입했다가 발각되어 도주했기 때문에 쾌도비와 은조 등을 봤을 수도 그들의 대화를 엿들었을 수도 있었다.

그러므로 그대로 놔두면 위험하다. 쾌도비 등이 지금 즉시 낙일장을 비우고 다른 곳으로 가는 방법이 있기는 하지만, 이십사 명이나 되는 많은 인원이 한밤중에 갈 수 있을 만한 곳이 없다.

낙일장을 떠나서 성내를 떠돌다간 채 일각도 넘기지 못하고 발각될 것이 분명하다.

북경 외곽이 십만 군사로 철저하게 봉쇄되어 있기 때문에 빠져나가는 것은 불가능하다.

신붕 철황과 흑신을 타고 북경성을 빠져나가는 방법이 있기는 하지만 마땅히 갈 데가 없는 상황이다.

쾌도비는 흑의인을 전력으로 뒤쫓으면서 그자가 담에 도달하기 전에 죽여야 한다고 생각했다. 흑의인이 담 안으로 들어가 버리면 포기할 수밖에 없다.

쾌도비가 수백 명의 궁수가 포진해 있는 자금성 담을 향해서 정면으로 돌진해 가고 있는 지금의 상황은 너무나 위험하다.

아무리 그라고 해도 정면 허공에서 쏘아대는 수백 발의 화살을 피하거나 막으면서 흑의인을 죽이는 것은 죽음을 각오해야만 할 터이다.

또한 자금성에는 지금 눈에 보이는 저들 수백 명의 궁수만 있는 게 아니다.

자금성 자체만으로 봤을 때 사신을 다 합친 것보다 몇 배는 더 막강한 세력을 지니고 있다.

다만 자금성은 황궁으로서 강호하고는 별개의 세력이다. 하지만 자금성으로 뛰어드는 강호인까지 내버려 두지는 않을 것이다.

쾌도비는 굶주린 호랑이가 으르렁거리면서 크게 벌리고 있는 아가리 속으로 달려들고 있는 것이다.

더구나 자금성에서는 그를 찾으려고 혈안이 되어 있는데 제 발로 뛰어들고 있다.

갑자기 은조는 절대로 쾌도비를 혼자 보낼 수 없다는 생각이 들어 앞으로 달려나갔다.

평소에는 이성적이고 사려 깊은 그녀지만 지금은 쾌도비가 위험하다는 생각 외에는 아무것도 눈에 보이지 않고 생각이 들지도 않았다.

"안 됩니다."

그런데 두 명의 여의루 고수가 양쪽에서 그녀의 팔을 움켜잡고 놔주지 않았다. 그녀들은 은조가 이럴 것이라고 예상했던 것 같다.

"놔라!"

은조는 안타깝게 외치면서 몸부림쳤으나 소루주의 안위가 무엇보다도 중요한 여의루 두 고수는 요지부동 더욱 그녀를 완강하게 붙잡았다.

쾌도비와 흑의인의 거리가 십여 장으로 가까워졌으며, 흑의인과 자금성 담은 오 장여로 좁혀들었다.

이 정도 거리라면 천지무쌍쾌나 고금제일도를 전개하여 흑의인을 죽일 수 있다.

그긍—

그때 흑의인이 달려가고 있는 전방의 담 아래쪽에 그리 크지 않은 검은색 철문이 열리기 시작했다.

투아앙!

그 순간 담 위의 수백 명 궁사가 아래에서 달려오고 있는 쾌도비를 향해 또다시 일제히 화살을 발사했다. 거리가 가까워졌으므로 그만큼 화살의 위력이 두세 배 이상 증가되었을 터이다.

쾌도비는 오른손의 비도쾌로 정면의 흑의인을 향해 천지무쌍쾌를 전개하면서 동시에 쏟아지는 화살들을 쳐내려고 왼손으로 창룡도를 뽑아 머리 위로 휘둘렀다.

퍽!

천지무쌍쾌 무형 강기에 머리가 박살 난 흑의인은 앞으로 붕 날아갔다.

그 순간 머리 위로 쏟아져 내린 화살들이 창룡도에 부딪쳐서 부러지며 흩어졌다.

철퍼덕!

머리가 박살 난 흑의인은 활짝 열린 철문 앞까지 날아가서 널브러졌다.

그와 동시에 철문 안에서 황의 경장과 남의 경장을 입은 고수 수십 명이 와르르 쏟아져 나와 곧장 쾌도비를 향해 짓쳐왔다. 황궁고수들이다.

쾌도비가 화살들을 쳐내느라 위를 쳐다보면서 정신이 없는 사이에 황궁고수들은 순식간에 이삼 장 지척으로 쇄도하고 있으며, 철문 안에서는 더 많은 고수가 계속 쏟아져 나오고 있었다.

쾌도비는 정면에서 파도처럼 몰려오는 고수들에게 시선을 주다가 몇 개의 화살을 놓치고 말았다.

퍽!

그중에 화살 하나가 위에서 아래로 왼쪽 어깨에 내려꽂혀 파고들었으나 그는 신음조차 흘리지 않았다. 단지 약간 휘청거리면서 위를 쳐다보았다.

구우우…….

그때 두 개의 시커먼 그림자가 담 위의 궁수들을 향해 무서운 속도로 쏘아가는 것을 발견했으며, 한줄기 전음이 그의 고막을 파고들었다.

[어서 도망쳐!]

철황과 흑신이 궁수들을 공격하는 것이며, 흑신에 타고 있는 요령이 전음을 보냈다.

"흐아악!"

"크악!"

철황과 흑신이 날개를 퍼덕여 세찬 바람을 일으키면서 부리로 쪼아대고, 요령이 양손으로 수십 개의 각종 암기를 뿌려 대자 한꺼번에 수십 명의 궁수가 애처로운 비명과 함께 담 위에서 가랑잎처럼 떨어지면서 담 위는 아비규환이 벌어졌다.

후우웅—

쾌도비는 뒤로 물러나면서 전방에서 쇄도하고 있는 고수들을 향해 비도쾌를 채찍처럼 휘둘렀다.

후우우…….

"끅!"

"캑!"

단 한 번의 고금제일도 전개로 세 명의 황궁고수가 몸통이 마구잡이로 잘려 나갔다.

휘우웅—

쾌도비는 다시 한 차례 고금제일도를 전개하여 또다시 두 명의 몸통을 자르고는 몸을 돌려 달리기 시작했다.

[철황을 타!]

전력으로 달리고 있는 중 요령의 다급한 전음이 들리는 것과 동시에 그의 몸이 허공으로 둥실 떠올랐다. 어느새 철황이 뒤에서부터 낮게 깔려 날아와서 달리고 있는 그를 등에 태운 것이다.

그가 힐끗 뒤돌아보니까 눈 깜짝할 사이에 황궁고수들이 수십 장 뒤로 쭉 멀어졌다.

해자를 건너자마자 그가 아래로 손을 뻗으니까 철황이 그의 의도를 알아차리고 낮게 비행하면서 속도를 늦추었고, 은조는 기다렸다는 듯이 기쁜 얼굴로 그의 손을 맞잡고 솟구쳐 올라 뒤쪽에 가뿐하게 내려앉아 두 팔로 그의 허리를 꼭 안았다.

여의루와 북황도의 네 고수는 철황을 따라서 대로로 들어섰다가 사방으로 흩어졌다.

황궁고수들이 추격하고 있으므로 흩어졌다가 낙일장으로 돌아오려는 것이다.

황궁고수들은 아직 해자를 건너지도 못했으므로 도주하는 것은 어렵지 않을 터이다.

"쾌 소협……."

뒤에 앉은 은조는 쾌도비의 왼쪽 어깨에 화살이 깊숙이 꽂혀 있는 것을 발견하고 안색이 하얗게 질렸다.

"어떻게 해요……."

강호에서 활동을 하다 보면 이 정도 부상은 다반사라서 눈 하나 까딱하지 않지만 다친 사람이 누구냐에 따라서 상황은 크게 달라지게 마련이다.

은조는 피로 새빨갛게 물든 쾌도비의 왼쪽 어깨를 보면서 자신이 다친 것보다 더한 고통을 느꼈다.

第六十七章

고침단금(孤枕單衾)

—외로운 베개와 얇은 이불

낙일장에 잠입했던 두 명의 흑의인, 즉 황궁고수는 쾌도비에 의해서 한 명이 죽었으며 또 한 명은 위걸에게 제압되었다가 여의루와 북황도의 고수들이 심문했다.

그래서 알아낸 사실은 그가 자금성 동창(東廠) 소속의 고수였다는 것과, 좌우도독부 십만 군사가 북경성을 포위한 직후부터 매일 천여 명의 동창과 서창(西廠), 황궁고수가 북경 성내를 무작위로 샅샅이 뒤지고 있었다는 것이다.

그들은 낮과 밤에 각각 다른 복장으로 변장을 하여 은밀하게 북경 성내를 끝에서부터 하나씩 수색하고 있었기 때문에 쾌도비 등은 전혀 모르고 있었다.

　이런 식으로라도 어렵사리 알게 되었으니 그나마 다행이지 아니었으면 가만히 앉아 있다가 된통 당할 뻔했다.

　은조는 정성을 다해서 쾌도비 왼쪽 어깨에 꽂힌 화살을 뽑고 또 치료를 해주었다.

　치료를 위해서 벗은 쾌도비의 조각처럼 멋진 상체를 보고 만지면서 은조는 가슴이 떨리고 얼굴이 화끈거리는 것을 겨우 견뎌냈다.

　한시가 바쁘기 때문에 그가 치료를 받는 동안에도 요령과 위걸, 이십 명의 여의루, 북황도 고수가 실내에 모여서 대책을 강구하고 있는 중이다.

　"우리가 지금 당장 해야 할 일이 무엇이오?"

　위걸은 머릿속이 어수선해서 정리가 잘 되지 않는다는 듯한 얼굴로 물었다.

　쾌도비는 왼쪽 어깨를 은조에게 맡기고 진중히 대답했다.

　"팔신궁이 무슨 음모를 꾸미고 있는지 알아내는 것이 최우선이오."

　"하지만 이곳에 계속 머물 수는 없어요. 잠입했던 동창고수 두 명을 처리했다고 해도 위험해요."

　낙일장에 잠입했다가 제압된 동창고수는 심문을 한 후에

죽여 버렸다.

쾌도비 어깨에 깨끗한 흰 천을 감고 있는 은조는 시선을 떼지 않은 채 말했다.

"팔신궁의 음모를 알아내야 하는데 방법이 없군요."

"내가 알아볼게."

요령이 불쑥 나섰다.

"팔신궁에 잠입해서 한번 부딪쳐 보지 뭐."

"그래, 령아가 있었구나."

쾌도비는 요령에게 정확히 무슨 재주가 있는지는 모르지만 잠입에 있어서는 일가견이 있음을 알고 있다.

"그 대신 여긴 위험하니까 당신들은 북경성 밖으로 나가 안전한 곳에서 기다리고 있어. 내가 뭔가 알아내면 즉시 알려줄 테니까."

"가까운 곳에 본 도의 장원이 있으니 그리 갑시다."

"어딘가요?"

위걸의 말에 은조가 물었다.

"대흥현(大興縣)이오."

북경에서 남쪽으로 이십여 리 떨어진 곳에 대흥현이 있다.

"지금 팔신궁에 잠입할까?"

"늦었으니 내일 해라."

"그럼 술 마시자."

애주가에 두주불사(斗酒不辭)인 요령은 술 마실 수 있는 기회를 절대로 놓치는 법이 없다.

쾌도비는 은조가 치료를 끝낸 것을 보고는 일어섰다.

"일단 위 형이 말한 장원으로 옮긴 후에 마시자."

어쨌든 이곳 낙일장에는 동창고수 두 명이 잠입을 했었으니까 위험하다고 판단했다.

"너희 둘, 이리 와라."

은조가 따라 일어서더니 여의루 고수 중 앞쪽의 두 명을 손짓으로 불렀다.

그녀들은 아까 도망친 동창고수 한 명을 추격했다가 살아난 고수들이다.

"쾌 소협 덕분에 살아났으니 마땅히 감사를 표해야 할 것 아니겠느냐?"

두 여고수는 그렇지 않아도 아까부터 쾌도비를 바라보면서 인사를 할 기회를 엿보고 있었다.

"쾌 소협의 은혜에 감사드립니다."

두 명의 여고수는 앞으로 나와 나란히 쾌도비 앞에 부복하면서 이마를 바닥에 붙였다.

"일어나시오."

쾌도비는 이런 식으로 은혜니 뭐니 하면서 누군가에게 절 따위를 받는 것이 어색해서 급히 두 여고수의 팔을 붙잡아 일으켰다.

"네놈들은 어째서 멀뚱히 서 있는 것이냐?"

위걸이 북황도 고수 두 명을 손가락질하며 당장 죽일 듯이 으르딱딱거렸다.

그들 역시 쾌도비 덕분에 소나기처럼 퍼붓는 화살들 속에서 구사일생 살아났었다.

꾸중을 들은 두 명의 북황도 고수는 황급히 달려나와 쾌도비에게 넙죽 절했다.

쾌도비는 그들 역시 붙잡아서 일으켜 놓고는 나란히 서 있는 이남이녀를 둘러보며 말했다.

"우리는 한 가족이나 다름이 없으니 앞으로도 이런 일이 다반사일 것이오. 그럴 때마다 이런 식으로 인사를 받고 싶지는 않소."

쿵!

"알겠느냐? 이놈들아! 쾌 형의 말뜻인즉, 말로만 번지르르 공치사를 늘어놓는 것보다는 실질적으로 감사의 표시를 하라는 얘기다!"

"위 형."

쾌도비가 어이없는 표정을 짓거나 말거나 위걸은 두 명의 북황도 고수뿐만 아니라 다른 두 명의 여의루 고수까지 싸잡아서 혼냈다.

"그러니까 오늘 밤 술은 너희 넷이 내라. 알았느냐?"

쾌도비는 위걸이 웃자고 하는 말이라는 것을 깨닫고 빙그레 미소 지었다.

철황과 흑신이 각자 두 명씩 등에 태워서 대홍현의 북황도 소유 장원으로 사람들을 실어 날랐다.

마지막으로 쾌도비와 은조, 요령 세 사람이 남았으며 마당에 철황과 흑신이 나란히 내려앉아서 기다리고 있다.

"령아하고 타시오."

쾌도비는 은조에게 흑신 쪽으로 가는 요령을 가리켰다.

세 사람을 태운 철황과 흑신은 순식간에 수십 장 높이로 날아올라 남쪽으로 방향을 잡았다.

차차창—

철황을 타고 비행하던 쾌도비는 까마득한 아래쪽에서 밤의 적막을 깨는 무기끼리 부딪치는 소리를 듣고 안력을 돋우어 내려다보았다.

대로 한가운데에서 세 명이 치열하게 싸우고 있는 모습이 보였으나 철황의 속도가 너무 빨라서 잠깐 사이에 까마득히 멀어졌다.

그런데 쾌도비는 싸우고 있는 사람 중에 한 명의 모습이 매우 낯이 익었다.

"철황아, 싸우는 곳으로 가보자."

그의 조용한 목소리가 떨어지기 무섭게 철황은 방향을 틀어 어느새 세 명이 싸우고 있는 곳 십여 장 상공에 날개를 활짝 편 채 정지비행을 하고 있었다.

대로 한복판에서 남루한 은의 경장 차림에 피투성이인 한 명의 여자가 검을 휘두르면서 두 명의 흑의인과 격렬하게 싸우고 있는데, 그녀는 다름 아닌 호연이었다.

쾌도비가 여의루의 마차를 강탈했을 때 마차를 호위했던 네 명의 은의녀 중 한 명이다.

쾌도비로서는 그녀에게 뼈아픈 잘못이 있었다. 마차에 실린 엄청난 액수의 돈과 보물을 보고는 뭔가 심상치 않음을 느끼고 그 내막을 알아내기 위해서 무리한 방법으로 고문을, 즉 호연에게 수치심을 안기려다가 실토를 받아내기는커녕 그녀의 몸을 더럽히기만 했었던 것이다.

그래서 나중에 청파루주 등이 마차를 되찾으려고 했을 때 그는 모두를 죽였으나 호연만은 차마 죽일 수가 없어서 살려주었었다.

그런데 그녀가 그때로부터 한 달 이상이나 지난 오늘 한밤중에 북경 성내 대로에서 흑의인, 즉 황궁고수로 보이는 자들과 싸우고 있는 것이다.

그녀가 무엇 때문에 북경 성내에 있는 것인지는 모르지만, 아마도 밤길을 돌아다니던 중에 황궁고수들의 검문에 걸려든 것 같았다.

호연은 이미 어깨와 옆구리, 허벅지에 상처를 입어서 허름한 은의에 피가 낭자했다.

지혈을 할 겨를도 없기에 그 상태에서 입술을 깨물고 사력을 다해서 싸우고는 있지만 곧 죽음을 당할 것처럼 위태롭게 보였다.

"앗!"

아니나 다를까 호연은 허벅지의 상처가 심한 탓인지 적들의 공격을 피하려고 몸을 틀다가 갑자기 한쪽 무릎을 꿇고 검으로 땅을 짚으며 심하게 헐떡거렸다.

쐐액!

그 순간 두 황궁고수의 두 자루 도가 호연을 향해 무지막지하게 그어졌다.

슛—

호연의 목숨이 백척간두에 놓인 상황에 쾌도비는 철황의 등에서 훌쩍 몸을 날려 아래로 쏜살같이 하강하면서 비도쾌로 고금제일도를 전개했다.

그런데 죽음을 앞둔 호연은 추호도 두려워하지 않고 오히려 이렇게 죽는 것이 너무도 원통하다는 표정으로 자신을 향해 그어오는 두 자루 도를 쏘아보았다. 그렇지만 검을 들어 반격하거나 피할 엄두를 내지 못했다.

파아…….

바로 그 순간 자신의 눈앞에서 두 황궁고수의 목이 뎅겅 잘리면서 수급이 둥실 허공으로 떠오르자 호연은 크게 놀라서 눈을 휘둥그렇게 떴다.

쿠쿵…….

머리를 잃은 몸뚱이 두 개가 묵직하게 땅에 쓰러지는 것을 보면서도 그녀는 눈앞에서 벌어진 일을 믿을 수 없다는 표정으로 바라보았다.

방금 전까지 그녀를 죽이려고 날뛰던 두 명의 몸뚱이는 땅에 쓰러진 채 펄떡거렸으며 매끄럽게 잘린 목에서는 피가 한 방울도 흐르지 않았다.

"이게 도대체……."

호연은 귀신에 홀린 듯한 표정으로 주위를 두리번거렸다.

척!

그때 쾌도비가 그녀 앞에 마치 유령처럼 우뚝 내려섰다.

"아!"

소스라치게 놀라서 쾌도비의 얼굴을 올려다보던 호연의 얼굴 가득 귀신을 본 듯한 경악이 파도처럼 넘실거렸다.

그녀는 갑자기 나타난 쾌도비가 바로 그 쾌도비라고 아직 알아보지 못한 것 같았다.

그녀는 창백한 얼굴로 눈을 깜빡거리면서 한동안 그를 바라보다가 마침내 그를 알아보고 움찔 몸을 떨었다.

"헉!"

쾌도비는 아무 말도 하지 않고 담담한 표정으로 그녀를 굽어보기만 했다.

그녀는 그를 원수 보듯이 할 텐데 괜히 잘못 말을 꺼냈다가 또 다른 오해를 살 수도 있기 때문에 아무 말도 하지 않는 것이 좋다고 생각했다.

호연은 눈을 깜빡거리면서 쾌도비를 올려다보다가 부르르 세차게 몸을 떨었다.

"너는……."

그러더니 지팡이처럼 땅을 짚고 있는 검을 느닷없이 그의 허리를 향해 휘둘렀다.

툭!

"윽……."

그러나 쾌도비는 우두커니 서 있는데 검이 그의 몸에 이르지도 못하고 아래로 처졌으며 그녀는 검을 떨어뜨리며 신음을 토해냈다.

한 차례 검을 휘두를 기운조차 남아 있지 않을 정도로 기진맥진했으며 몸을 틀다가 허벅지의 상처가 쪼개지는 듯한 고통을 느꼈기 때문이다.

"학학학……."

호연은 크게 지쳐서 쓰러질 듯이 헐떡거렸으며, 무릎을 꿇고 있는데 허벅지에서 샘물처럼 피가 흘러 바닥을 금세 새빨갛게 물들였다.

척!

쾌도비는 그녀가 뭐라고 할 새도 없이 손을 뻗어 그녀를 가볍게 번쩍 안고는 대로변의 담 아래로 가서 그녀를 조심스럽게 담에 상체를 기대서 앉혀주었다.

방금 전에 쾌도비를 죽일 것처럼 검을 휘둘렀던 호연이지만 지금은 매우 복잡한 표정으로 그를 쏘아볼 뿐 더 이상 발작하지는 않았다. 어떻게 하고 싶어도 그럴 만한 힘이 남아 있지 않았기 때문이다.

찌익!

쾌도비는 담에 비스듬히 눕듯이 기대어 앉은 호연의 다리를 벌리게 하고, 깊은 상처를 입은 그녀의 왼쪽 허벅지 부위 옷을 길게 찢었다. 옷은 맥없이 찢어져서 옥문을 가린 속곳까지 드러났다.

그녀는 할딱거리면서 눈을 동그랗게 뜨고 자신의 허벅지와 속곳을 내려다보고 있지만 아무 행동도 취하지 못했다.

옥문에서 손가락 하나쯤 떨어진 곳 안쪽에 도에 베인 깊고도 긴 상처에서 뭉클뭉클 피가 뿜어져 나오고 있었다.

쾌도비는 능숙하고 빠른 솜씨로 상처 주위의 혈도 세 군데를 눌러서 지혈을 시킨 후에 손바닥으로 상처의 피를 조심스럽게 닦아내고는 품속에서 늘 지니고 다니는 금창약을 꺼냈다.

주소옥이 산중의 무릉도원 같은 곳에서 지내는 동안 만들었던 금창약인데 약효가 매우 뛰어났다.

호연은 자신의 상처에 정성껏 금창약을 바르는 쾌도비를 매우 복잡한 표정으로 바라보다가 갑자기 자신도 모르게 왈칵 눈물이 쏟아졌다.

"너… 이런다고 내가 용서할 줄 알아?"

그녀가 울먹이면서 말하는 데도 쾌도비는 듣지 못한 듯 잠자코 할 일만 했다.

허벅지 상처를 치료하고 난 쾌도비는 그녀의 어깨와 옆구리 상처를 살펴보았다.

가볍지 않은 상처이긴 하지만 급히 치료하지 않아도 될 것 같아서 장원으로 데려간 후에 치료하기로 하고 급한 대로 지혈을 했다.

"이 나쁜 놈아……! 내가 너를 죽이려고 얼마나 찾아 헤맸는지 아느냐?"

호연은 비 오듯이 눈물을 흘리면서 힘없이 말하는데, 독한 내용의 말하고는 달리 목소리에는 원망과 하소연이 짙게 배어 있었다.

쓱―

쾌도비는 손을 뻗어 호연의 헝클어진 머리카락을 쓸어 올리고는 부드럽게 뺨을 감쌌다.

“내가 잘못했다.”

그의 말에 호연의 눈물 젖은 눈이 커다랗게 떠지더니 곧 더욱 격렬한 눈물을 쏟아냈다.

원래 그녀는 눈썹이 매우 짙고 두 눈이 우수를 띤 것처럼 검고 깊은데 폭포처럼 눈물을 쏟으니까 쾌도비는 가슴이 아렸다.

“으흑……! 그런 말을 한다고… 내가 널 용서할 것 같아……? 죽이고 말 거야…….”

여자에 대해서 숙맥인 쾌도비는 그녀의 복잡한 내면 같은 것은 조금도 헤아리지 못하고 그녀의 손에 조금 전에 떨어뜨렸던 검을 쥐어주었다.

“그렇다면 죽여라.”

눈물을 펑펑 흘리면서 쾌도비를 원망의 표정으로 바라보는 그녀의 모습은 지금의 상황하고는 상관없이 여전히 아름다웠다.

갸름한 얼굴 윤곽과 햇볕에 잘 그을린 강인한 피부를 지니고 있는, 하지만 보기 드문 미모의 소유자인 그녀의 유난히 검고 깊은 눈에서 쉴 새 없이 눈물이 흘러내렸다.

지금 쾌도비의 솔직한 심정은 그녀가 죽인다고 하면 기꺼이 죽을 각오다.

해야 할 일이 많지만 그보다는 호연에 대한 죄책감이 훨씬 더 크다.

그녀는 돈을 주고 산 기녀나 창녀도 아니었으며 자신의 일을 충실히 수행하던 여고수였었다. 그런 그녀를 욕보이고 이 지경이 되도록 만든 것이다.

쾌도비는 그 정도로 그녀에게 저지른 일에 대해서 후회를 하고 있는 것이다.

그는 그녀가 검을 휘두르거나 찌르기 수월하도록 한 걸음 물러나 한쪽 무릎을 꿇고 상체를 꼿꼿하게 폈다.

호연은 검을 쥔 오른손을 바들바들 떨면서 그리고 폭포처럼 눈물을 흘리며 쾌도비를 바라보았다.

그녀는 결코 여의루로 돌아갈 수가 없었다. 마차를 호송하는 임무를 다하지 못했으며, 뿐만 아니라 그것을 되찾는 과정에 청파루주와 동료들이 죽음을 당하고 혼자만 살아남았기 때문에 차마 돌아가지 못한 것이다.

아니, 어쩌면 그것은 핑계일지도 모른다. 어쨌든 그녀는 쾌도비를 찾으려고 발길 닿는 대로 이곳저곳을 지금까지 떠돌아 다녔다.

조금 전까지만 해도 그녀는 자신이 쾌도비를 찾으려는 이유가 그를 가장 잔인한 방법으로 죽여서 복수를 하기 위해서라는 사실을 추호도 의심하지 않았었다.

호연은 검파를 두 손으로 잡고 떨리는 검첨을 쾌도비의 목에 겨누었다.

사삭… 삭…….

검첨이 심하게 떨리는 바람에 목이 갈지자로 그어지면서 피가 흘렀으나 쾌도비는 꼼짝도 하지 않았다.

호연이 팔에 슬쩍 힘만 줘도 그의 목은 여지없이 꿰뚫리거나 잘리고 말 것이다.

툭…….

그런데 갑자기 호연은 검을 떨어뜨리고 두 주먹으로 그의 가슴을 두드리며 흐느껴 울었다.

"으흑흑… 죽이고 싶어… 정말이야……."

그녀는 눈물을 펑펑 쏟으면서 주먹으로 그의 가슴을 힘없이 툭툭 두드렸다.

쾌도비를 죽이려고 든다면 최후의 한 움큼의 힘을 끌어올려서 그의 목에 검을 찌를 수도 있다. 그러나 어쩐 일인지 그녀는 그렇게 하지 못했다.

"쾌 소협, 무슨 일인가요?"

그때 쾌도비 뒤에서 은조의 나직한 목소리가 들리더니 곧 그녀와 요령이 흑신에서 내려 달려왔다.

쾌도비는 호연을 가볍게 안고 일어섰다.

"장원으로 데려가야겠소."

은조와 요령은 땅바닥에 목이 잘려서 죽어 있는 두 구의 시체와 큰 상처를 입은 호연을 번갈아 보고서 어떻게 된 일인지 대충 짐작했다.

호연은 갑자기 두 여자가 나타나고 또 쾌도비가 자신을 번쩍 안고 일어서자 깜짝 놀랐다.

그녀는 쾌도비 옆에 나란히 서 있는 은조와 요령을 눈을 깜빡이면서 쳐다보다가 시선이 은조에게 머물더니 소스라치게 놀랐다.

"아……."

호연은 사색이 되어 황급히 쾌도비 품에서 빠져나와 은조 앞에 무릎을 꿇고 떨리는 목소리로 예를 취했다.

"속하 소루주를 뵈옵니다."

은조는 호연이 입고 있는 은의가 비록 몹시 남루하고 온통 피투성이지만 그 옷이 여의루 하급고수들의 복장이라는 사실을 뒤늦게 알아보고 적잖이 놀라며 급히 그녀를 손수 일으켰다.

"여의루의 수하냐?"

"그렇습니다, 소루주. 속하는 청파루 휘하의……."

"너는 호연이로구나!"

은조는 깜짝 놀라 나직이 외쳤다.

"그… 렇습니다. 소루주……."

은조가 자신을 한눈에 알아보자 호연은 부르르 떨면서 눈물을 왈칵 쏟았다.

은조는 총명한 데다 평소에 여의루 전 수하에 대해서 한 명도 빠짐없이 다 기억하고 있었기에 호연을 단번에 알아본 것이다.

"이게 어떻게 된 일이냐?"

"소루주……."

말을 하려던 호연이 허벅지의 상처 때문에 크게 비틀거리는 것을 쾌도비가 붙잡아주었다.

"가서 얘기합시다."

은조는 자신들이 대로상에 있다는 사실을 새삼 깨달았다.

"그렇군요."

"이 사람은 내가 안고 가겠소."

"아……."

쾌도비가 다시 자신을 번쩍 안자 호연은 깜짝 놀라며 당황했다. 소루주 은조가 있기 때문이다.

호연은 지금의 상황이 매우 혼란스러웠다. 갑자기 소루주 은조가 나타난 것도 그렇지만, 그녀와 쾌도비가 친한 사이인 것 같아서 놀라움을 금치 못했다.

팔신궁에서 여의루로 보낸 마차를 탈취한 쾌도비는 어찌 보면 여의루의 원수인데, 대체 어떻게 해서 은조와 친해질 수 있었는지 이해가 되지 않았다.

모든 것이 놀라운 것투성이다. 쾌도비가 호연을 안고 난생처음 보는 괴물 같은 거대한 새의 등에 탄 것이나, 눈 깜빡할 사이에 새가 날아올라서 높은 밤하늘을 빛처럼 빠르게 날아가는 것 때문에 호연은 혼비백산해서 숨도 제대로 쉬지 못했다.

호연이 허벅지와 어깨, 옆구리에 상처를 입었기 때문에 쾌도비는 한 팔로 최대한 그녀가 불편하지 않도록 조심스럽게 안고 다른 팔로는 철황의 깃털을 움켜잡았다.

호연은 쾌도비에게 따지고 물어볼 것이 많았으나 상황이 너무 긴박해서 물어볼 엄두가 나지 않았다.

그리고는 그녀가 미처 정신을 수습하기도 전에 철황과 흑신은 북경성을 빠져나와 대홍현의 어느 장원 마당에 사뿐히 내려앉았다.

쾌도비가 호연을 안고 전각을 향해 성큼성큼 걸어가는데 그녀가 옷깃을 살짝 잡아당기며 전음을 보냈다.

[나하고 잠깐 따로 얘기 좀 하자.]

전각으로 들어가면 은조에게 그동안의 경위에 대해서 설명을 해야 하는데, 그것에 대해서 쾌도비에게 미리 해둘 말이 있고 또 들을 설명이 있기 때문이다.

쾌도비는 은조와 요령에게 먼저 들어가라고 하고는 자신은 호연을 안고 천천히 정원을 거닐었다.

[소루주께서 어찌하여 이곳에 계시며 어떻게 해서 너와 친한 것인지 사실 대로 설명해 봐.]

쾌도비는 걸음을 멈추고 물끄러미 그녀를 굽어보았다. 그녀는 그의 어깨에 머리를 기대고 있다가 그와 시선이 마주치자 짐짓 사나운 눈빛으로 쏘아보았다. 그러나 그가 계속 주시하자 사르르 눈을 내리깔았다.

치료를 마친 호연은 깨끗한 방의 침상에 좋은 이불을 덮고 반듯하게 누워 있다.

그녀를 치료해 준 사람은 여의사령 중에 한 명인 우령(羽領)이다.

평소에는 감히 쳐다보지도 못했던 우령이 치료를 해주다니 호연으로서는 추호도 예상하지 못했던 일이다.

여의루의 최고위급에 속하는 여의사령에도 서열이 있으며 영주인 일령이 우령이고, 이령은 선령(鮮領), 삼령은 아령(雅領), 사령이 미령(美領)이다.

그런데 조금 전까지 정성껏 호연을 치료해 주고 나간 사람이 여의사령주인 우령인 것이다.

여의루에는 총 십구 등급의 지위가 있으며 그중에서 호연은 십팔 위이고 여의사령은 사 위이다.

말 그대로 하늘같은 신분의 우령이 거의 최하급의 호연을 손수 치료해 준 것이다.

그런데도 우령은 호연에게 아무것도 묻지 않고 치료만 해 주고는 나갔다.

사실 호연은 여의루에 대죄를 지었을 뿐만 아니라 복귀하지 않은 죄까지 더해져서 잡히기만 하면 무조건 죽은 목숨이라고 할 수 있는 처지였다.

그런데도 죽이기는커녕 아무것도 묻지 않을뿐더러 이처럼 잘 대우해 주는 이유가 순전히 쾌도비 덕분일 것이라고 호연은 짐작했다.

아까 정원에서 쾌도비는 자신이 은조와 여의루주를 만났었던 과정에 대해서 간략하게 설명해 주었다. 그러면서 자신이 무정도라는 사실을 덧붙였다.

호연의 놀라움은 이만저만한 것이 아니었다. 마차를 탈취한 강도가 무정도였다는 것도 그렇지만, 그가 은조뿐만 아니라 여의루주하고도 친분을 쌓았다는 사실이 좀처럼 믿어지지 않았다.

아까 북경 성내의 대로상에서 그를 다시 만난 이후 지금까지 벌어진 일들을 똑똑히 지켜보고서도 여의루 하급고수인 호연의 머리로는 도저히 납득이 되지 않았다.

"하아……."

치료를 끝낸 우령이 나가고 나서도 한참이 지나서야 호연은 비로소 긴 한숨을 토해냈다.

그리고 잠이 쏟아졌다. 그동안 이곳저곳을 혼자서 헤매다가 북경으로 흘러 들어온 이후 곳곳에서 벌어지는 검문과 수색을 피해 다니느라 지칠 대로 지친 상태가 되었다.

더구나 수중에 몇 푼 없던 돈까지 떨어져서 거지처럼 동가식서가숙(東家食西家宿)했기에 피곤이 켜켜이 쌓였다가 긴장이 풀리자 한꺼번에 졸음이 몰려들었다.

그녀는 자꾸만 무겁게 내리누르는 눈꺼풀을 이기지 못하면서 어쩌면 잠에서 깨면 이 황당한 꿈도 사라질 것이라는 생각이 어렴풋이 들었다.

"그랬었군요."

쾌도비가 호연에 대해서 그리 길지 않은 설명을 끝내자 은조는 비로소 어떻게 된 일인지 알게 되어 미소를 지으며 고개를 끄떡였다.

하지만 쾌도비는 자신과 호연 사이에 있었던 부끄럽고도

은밀한 일에 대해서는 말하지 않았다.

아까 호연이 정원에서 그것만은 아무에게도 말하지 말아달라고 부탁했었다.

설혹 그녀의 부탁이 아니더라도 쾌도비는 인두겁을 쓴 인간으로서 차마 그 일을 아무에게도 말할 수가 없다.

"그녀 이름이 호연이오?"

"네, 청파루 휘하 하급고수에요."

쾌도비는 진심 어린 표정으로 당부했다.

"그녀를 잘 대해주었으면 좋겠소. 나로 인해서 많은 고초를 겪었소."

은조는 그가 마차를 탈취하고 이후 청파루주 등을 죽이는 과정에서 호연을 힘들게 했다는 뜻으로 받아들이고 살포시 미소 지었다.

"그녀가 걱정되면 쾌 소협 곁에 두세요."

"무슨 말이오?"

"호연을 쾌 소협 곁에 두고 몸종이나 하녀처럼 부려도 괜찮다는 뜻이에요. 그러면 쾌 소협이 직접 그녀를 잘 대해줄 수 있잖겠어요?"

"그래도 괜찮겠소?"

"물론이에요."

은조는 마음이 무거운 쾌도비가 호연에게 보상을 해주고

싶어 한다고 생각했다.

또한 과묵하고 강직하기만 한 그의 여린 마음의 일면을 발견한 것 같아서 기분이 좋았다.

"자, 얘기 다 끝났으면 이제부터 술 마시자."

이제나저제나 기회만 엿보고 있던 요령이 두 팔을 벌리고 물고기를 몰듯이 쾌도비와 은조를 탁자 쪽으로 인도하면서 위걸을 쳐다보았다.

"이봐, 이 장원에도 술은 있겠지?"

그녀는 아무에게나 반말이다. 쾌도비는 그녀가 어느 누구에게도 예의를 갖추는 것을 본 적이 없었다.

＊   ＊   ＊

팔신궁에 잠입한 지 닷새가 지났으나 요령에게서는 아직 이렇다 할 아무런 소식이 없다.

놀랍게도 요령은 닷새 전에 팔신궁에 잠입하겠다고 흑신을 타고 나가서는 아직까지 한 번도 이곳 장원으로 돌아오지 않았다.

그렇다는 것은 그녀가 닷새 동안 팔신궁 내에서 계속 머물고 있다는 뜻일 게다.

팔신궁이 여느 평범한 장원도 아니고 사신 중 하나인만큼

경계가 삼엄하기로 치면 자금성에 버금갈 터인데, 그곳에 닷새씩이나 잠입해서 마음껏 휘젓고 다닌다는 사실 때문에 이곳에서는 지난 닷새 동안 화제가 끊어지지 않았다.

그렇지만 이상하게도 그녀가 발각되어 붙잡혔을 것이라는 생각을 하는 사람은 아무도 없었다.

"소루주, 지금보다는 좀 더 적극적인 행동으로 쾌 소협을 대하셔야 하는 것 아닙니까?"

우령이 은조에게 벼르고 있던 충고를 조심스럽게 했다. 그녀는 여의루주 손효랑이 이곳을 떠나기 전에 은조에게 했던 당부를 잘 기억하고 있다.

손효랑은 은조에게뿐만 아니라 여의사령주인 우령에게도 은조를 지켜보면서 잘하고 있는지, 만약 제대로 하지 못할 때에는 적절한 충고를 해주라고 명령했었다.

그동안 우령이 지켜봤을 때 은조는 쾌도비에게 너무 밋밋하게 형식적으로만 대한다.

그런 행동은 절대로 남자에게 호감을 받지 못한다. 그래서 두 사람을 아무리 좋게 보려고 해도 사형제지간이나 동료 이상으로는 보이지 않는다.

손효랑은 은조에게 최선을 다해서 쾌도비의 마음을 사로잡으라고 부탁했었다.

그래야지만 쾌도비가 주소옥을 잊고 안정을 되찾아서 현재의 일에 전념할 수 있을 것이라고 했다.

또한 손효랑은 쾌도비를 정도 이상으로 좋아하고 오로지 그만이 은조의 남편감이라고 확신하고 있다.

그가 은조와 혼인을 하면 물론 은조는 행복할 것이고 여의루도 최고의 시기를 맞이하게 될 것이라고 확신했다.

은조의 생각으로도 그렇게 하는 것이 쾌도비를 위하는 길인 동시에 현재의 난국을 좀 더 원활하게 헤쳐 나갈 수 있는 방법이다.

그리고 더 중요한 것은 은조 자신이 그 무엇보다도 그의 여자가 되고 싶어 한다는 사실이다.

곁에서 함께 지내며 지켜볼수록 쾌도비는 은조의 마음을 사로잡기에 충분한 훌륭한 사내다.

그러나 문제는 그가 도통 마음을 열지 않고 있어서 은조는 누구보다 답답했다.

"적극적인 게 어떻게 하는 거지?"

답답하기로는 우령보다 더한 은조가 씁쓸한 미소를 지으며 반문했다

우령은 흰 손가락 하나를 세웠다.

"소루주께선 지나치게 진지하신 게 탈이에요. 제발 깊이 생각하지 마시고 마음이 가시는 대로 행동하세요."

“마음 가는 대로… 어떻게?”

“소루주는 누구의 방해도 받지 않고 쾌 소협과 단둘이 계시고 싶지 않으세요?”

“……..”

은조는 얼굴을 붉히며 대답하지 못했다. 그것을 상상하는 것만으로도 가슴이 뛰고 부끄러웠다.

“소루주께선 그를 만지고 싶다거나 그가 만져주기를 바라지 않나요?”

“너는 무슨 말을……..”

우령은 은조의 핀잔을 무시하고 두 번째 손가락을 세웠다.

“그리고 또 한 가지. 소루주께선 천박하게 행동하실 필요가 있어요.”

은조는 깜짝 놀라서 눈을 동그랗게 떴다.

“천박하게?”

“여쭙겠어요.”

우령은 진지한 표정을 지었다.

“남녀가 정사를 하는 것을 어떻게 생각하시나요?”

은조는 우령의 말을 듣고 남녀의 정사라는 것을 떠올리려고 했으나 들은 적도 본 적도 그리고 책에서 읽은 적도 없기에 어떤 상상도 되지 않았다.

그러나 남녀의 정사라고 하면 즉각적으로 떠오르는 극단

적이고 결론적인 상상이 있다.

　남자의 성기가 여자의 성기 속으로 삽입된다는 사실이다. 그것을 상상하는 것만으로 몸서리가 쳐졌다.

　"천박해."

　은조는 얼굴을 찌푸렸다.

　"남녀가 서로의 나신을 쓰다듬고 만지고 빨며 혀로 핥는다는 것은요?"

　그런 광경 정도는 상상할 수 있는 은조는 얼굴이 새빨개져서 마구 도리질 쳤다.

　"말도 안 돼! 구역질이 날 정도야!"

　우령은 그럴 줄 알았다는 듯한 표정을 지었다.

　"그런데 말이죠. 만약 그 남녀가 소루주와 쾌 소협이라면 어떻겠어요?"

　"그건……."

　은조는 깜짝 놀라며 말을 잇지 못했다.

　"그리고 두 분이 서로 열렬히 사랑하는 사이라면요?"

　"아……."

　"그래서 두 분께서 서로의 나신을 쓰다듬고 빨며 혀로 핥고 그리고 정사를 하신다면, 그것이 아직도 천박하다고 생각하시나요?"

　은조는 온몸의 피가 얼굴로 몰린 듯 새빨개져서 두 손으로 뺨을 감쌌다.

　만약 그런 일이 두 사람에게 일어난다면 그것은 결단코 천박하지 않을 것이다.

　그것은 서로 진심으로 사랑하는 남녀의 성스러운 행위이기 때문이다.

　고로 그녀는 자신이 지금까지 남녀 간의 정사나 그와 유사한 행위에 대해서 지독한 편견을 갖고 있었다는 사실을 깨닫게 되었다.

　"아셨죠?"

　은조는 부끄럽지만 그러는 것이 남녀 간의 사랑의 진실이라고 깨달았기에 아직도 빨갛게 달아오른 얼굴로 고개를 끄떡였다.

　"알았다."

　"이제 쾌 소협에게 좀 더 적극적으로 천박하게 행동하셔야 해요. 아셨죠?"

　"그럼… 다짜고짜 쾌 소협의 옷을 벗겨서 나신으로 만든 다음에 만지고 빨고 핥으라는 것이냐?"

　"그게 아니라……."

　우령은 손으로 제 가슴을 두드렸다.

　"처음부터 그렇게 하면 그는 소루주가 미쳤다고 생각할 거예요."

"그렇겠지."

"그러니까 그런 분위기를 만들어야죠."

그런 분위기를 도대체 어떻게 만들어야 하는지 모르지만 그것을 물어봤다가 우령에게 또 핀잔을 들을 것만 같아서 그만두었다.

천하의 어떤 대석학에게도 뒤지지 않는 지식을 지니고 있는 그녀지만 유독 남녀의 애정이나 정사에 대해서만큼은 숙맥이었다.

"알… 았다."

그런데 은조는 한 가지 의문이 들었다. 그녀가 알기로는 올해 이십삼 세인 우령은 순결한 처녀지신인데 어떻게 그런 것들을 그토록 자세히 알고 있는지 궁금했다.

"우령, 너는 그런 것들을 어디에서 배웠느냐?"

이번에는 우령이 깜짝 놀라더니 얼굴을 붉히고 옷자락을 만지작거렸다.

"책… 에서요."

함개상응(函蓋相應)

—상자와 뚜껑이 잘 맞는다

이곳 대흥현의 북황도 소유 장원은 소요장(逍遙莊)이라고 하며 북황도의 하북성 지부에 해당한다.

이곳에는 북황도의 고수가 다수 거주하고 있기 때문에 무술이나 무공을 연마하기 편하도록 여러 시설이 마련되어 있다.

쾌도비는 요령이 팔신궁에 가 있는 동안 딱히 할 일이 없으므로 이곳의 지하 석실 중 한 곳을 연공실로 사용하면서 벌써 닷새째나 두문불출하면서 무공 연마에만 전념하고 있는 중이다.

그렇지만 비쾌법 삼 초식 삼라만상비를 연마하고 있는 것은 아니다.

아무리 애를 써도 삼라만상비를 성공하지 못했으며 무엇 때문인지 이유를 알기 때문이다.

즉, 공력이 부족하다는 사실을 깨달았기에 그에 대한 대처법을 연마하고 있다.

그 해결책은 바로 임독양맥의 소통이다. 지난번에 소아의 고질병을 치료해 주다가 우연찮게 그녀의 임독양백을 소통시킨 후에 그는 자신도 같은 방법을 성공시키면 지금보다 공력이 훨씬 증진할 테고, 그러면 삼라만상비도 수월하게 성공시킬 수 있을 것이라고 판단했던 적이 있었다.

그는 지난 닷새 동안 부단히 노력한 결과 소기의 성과를 올릴 수 있었다.

임맥과 독맥의 막혀 있는 혈도의 수는 사람마다 제각각 다른데, 쾌도비의 경우에는 임맥 세 개, 독맥이 네 개. 도합 일곱 개다.

그는 태어나면서부터 워낙 가난하게 살았었기에 기름진 음식이나 이것저것 오염된 것을 많이 섭취하지 않았기 때문에 보통 사람보다 깨끗한 신체를 유지하게 된 것이다.

슬프고도 우스운 일이지만 찢어지게 가난했던 생활이 그가 건강한 신체를 유지하도록 해준 셈이었다.

지난 닷새 동안 그는 임맥 한 개, 독맥 두 개의 혈도를 뚫는 데 성공했다.

사흘째까지는 아무런 소득도 없이 비지땀을 흘리면서 그것에 동반하는 고통과 싸워야만 했었다.

소아의 임독양맥을 소통시켜 줄 때는 별로 어렵지 않았었는데, 자신에게 행할 때에는 죽는 것보다 더 고통스럽고 어려웠으며, 그러면서도 원활하게 임독양맥이 소통되지 않았는데 도무지 그 이유를 알지 못했다.

오른팔의 공력을 일으켜 단전의 공력과 합일시켜서 한 차례 운공을 하며 임독양맥을 뚫어가는 데 소요되는 시간은 대략 일각 정도다.

전신의 공력이 막힌 혈도로 한꺼번에 밀려가서 부딪칠 때의 고통은 뭐라고 설명할 수 없을 정도로 극심하다. 그러나 혈도를 뚫지 못하면 고통이 몇 배나 가중된다.

그러다가 나흘째 임맥의 한 개를, 그리고 닷새째에 독맥에서 두 개의 혈도를 한 시진 간격으로 소통시켰다.

그리고 나서는 완전히 탈진하고 또 온몸이 천 갈래 만 갈래로 찢어져 해체되는 것 같은 고통에 서너 시간 이상 혼절해 있었다.

그가 다시 눈을 떴을 때는 엿새째 자정이 한 시진쯤 지난 시각이었다.

아니, 사실 이곳에 들어온 이후 며칠이 지났는지 알지 못했으며 임독양맥을 소통하는 것 말고는 관심도 없었다.

도합 일곱 개의 막힌 혈도 중에서 세 개를 뚫었으나 임독양맥이 완전히 소통되지 않는 한 그것은 아무런 의미도 지니지 못했다.

그는 석실 한가운데의 바닥에서 두 자 높이 둥근 석대에 누운 자세로 눈을 뜨고는 지난 닷새 동안의 경험을 되새겨 보다가 임독양맥을 소통시키려면 한 가지 방법밖에 없다는 사실을 깨달았다.

임독양맥 중에서 현재 남은 네 개의 막힌 혈도를 단번에 뚫어야 한다는 것이다.

하나를 뚫는 힘이나 그것 때문에 느끼는 고통 등이 네 개를 한꺼번에 뚫는 것하고 별 차이가 없다고 판단했다.

문제는 전력을 다해서 막힌 혈도 하나를 뚫었을 때 그 고통과 충격을 견디면서 계속 밀어붙여야 한다는 것이다. 지금까지는 혈도 하나를 뚫고 아무것도 못 했으나 이제는 그러면 안 된다. 그것을 극복해야만 한다.

하나를 뚫는 여세를 몰아서 고통을 견디면서 더욱 강력하게 남은 혈도들을 뚫어야만 하는 것이다.

슥—

쾌도비는 한동안 누워서 생각을 정리하고는 이윽고 석대

위에 가부좌의 자세를 잡고 앉았다.

그는 단호한 결심을 했다. 이번에야말로 임독양맥을 소통시키거나 이루지 못하면 이 자리에서 피를 토하고 죽어도 좋다는 각오다.

어차피 지금의 공력이나 실력으로는 강호육비에도 한참 미치지 못하는 수준이다.

그가 흑창사비 용연풍을 죽일 수 있었으며, 또한 여의천비 은조를 처음 만나 싸워서 이길 수 있었던 것은 순간적인 기지와 임기응변, 그리고 운이 좋았던 덕분이지 결코 실력이 우세해서가 아니었다.

그러니까 지금의 실력으로 진짜 강적들과 마주치게 되면 죽도 밥도 안 된다. 앞으로 상대하게 될 적들은 팔신궁주를 비롯하여 마도와 사파의 거물이 수두룩한 판국인데 강호육비에도 못 미치는 실력을 갖고 대관절 무엇을 할 수 있다는 말인가.

그렇기 때문에 임독양맥을 소통시키든가 아니면 이 자리에서 피를 토하고 죽자는 각오를 한 것이다.

지금껏 그는 그런 각오를 품고 험난한 세상을 살아왔었으나 한동안 망각하고 지냈었다.

쾌도비는 모르고 있었지만 사실 은조는 하루에도 열 번 이상 그가 연공을 하고 있는 지하 석실에 몰래 갔다가 한참을 머문 후에 돌아오곤 했었다.

그가 식음을 전폐하고 매두몰신(埋頭沒身) 무공 연마에만 빠져 있으니 은조로서는 걱정이 태산 같을 수밖에 없다.

쾌도비가 그런 상황이기 때문인지 은조마저도 하루에 한 끼를 먹는 둥 마는 둥해서 여의사령의 속을 새카맣게 태우고 있는 중이다.

엿새째 이른 아침에 그녀는 식사를 하기도 전에 또다시 지하 석실로 내려왔다.

지난 엿새 동안 쾌도비에게 다녀가는 것이 그녀의 일상 중에 한 부분을 차지하게 되었다.

그녀는 밤새 쾌도비 걱정으로 잠을 설친 탓에 얼굴이 초췌하고 푸석푸석했다.

그녀는 자신이 이렇게까지 그를 걱정하고 있다는 사실을 깨닫고 적잖이 놀랐다.

그를 좋아하기 때문에 걱정을 하는 것이고, 많이 좋아할수록 걱정을 많이 하게 된다는 당연한 이치에 스스로 놀라움을 금치 못했다.

그녀는 쾌도비가 있는 석실 앞에 이르렀으나 지난 닷새 동안 그랬던 것처럼 오늘도 어떻게 해야 좋을지 모르고 서성거리기만 했다.

만약 그가 무공 연마를 하고 있거나 운공조식을 하는 중이라면 방해가 될 수 있고, 자칫하면 주화입마에 들어 큰 변을 당할 수도 있기 때문이다.

그렇지만 은조는 오늘 아침만큼은 꼭 그를 한 번만이라도 보고 돌아가야겠다고 다짐했다. 그가 보고 싶은 것도 이유지만, 도대체 어떤 상태인지 자신의 눈으로 확인을 해야지만 안심이 될 것 같았다.

그녀는 석문 틈에 한쪽 눈을 댔으나 안이 들여다보이지 않자 이번에는 귀를 대고 소리를 들어보았다.

공력을 끌어올려 청력을 높이고 나니까 나직하고 고른 숨소리가 들렸다.

그녀는 이런 종류의 고른 숨소리는 잠을 잘 때 나는 것이라는 판단이 섰다. 그래서 쾌도비가 자고 있는 것이라고 짐작하여 용기를 내어 석문 위에 늘어진 쇠사슬을 조심스럽게 잡아당겼다.

그르릉…….

육중한 석문이 가볍고도 매끄럽게 옆으로 열리기 시작하고 긴장한 표정으로 안을 주시하던 그녀는 깜짝 놀라는 표정을 지었다.

석실 한가운데 바닥에서 두 자 높이의 석대가 있는데 쾌도비가 석대에 하체를 걸치고 뒷머리와 등을 바닥에 댄 자세로 쓰러져 있는 모습을 발견한 것이다.

그 광경은 누가 보더라도 일부러 누운 것이 아니라 사고를 당해서 쓰러졌음을 알 수 있었다.

"쾌 소협!"

은조는 소스라치게 놀라서 구르듯이 달려 들어가 쾌도비를 부둥켜안았다.

그렇지만 쾌도비는 정신을 잃은 상태이며 코와 입, 귀에서 피가 흐르고 있었다.

은조는 그가 운공조식을 하다가 주화입마에 들었다는 직감이 들자 눈앞이 하얘지고 가슴이 찢어지는 것만 같아 눈물이 쏟아졌다.

"쾌 소협! 정신 차려요!"

침상에 누워 있는 쾌도비는 천천히 눈을 뜨다가 울고 있는 은조의 해쓱한 얼굴을 제일 먼저 발견했다.

"은 소저."

"정신이 드셨어요?"

침상 옆에 앉아 있던 은조는 눈물범벅인 얼굴로 반갑게 소리치며 상체를 가깝게 숙였다.

그녀는 혼절해 있는 쾌도비를 처음 발견하고 혼비백산했었으나 곧 정신을 수습하고 그의 맥을 짚어본 결과 큰 이상이 없는 것을 확인하고서야 겨우 안심을 했었다.

이후 이곳 자신의 거처로 그를 옮겨와서 눕혔으나 마음이 놓이지 않아 계속 울면서 지켜보고 있는 중이었다.

쾌도비는 어떻게 된 상황인지 잠시 생각해 보았다. 그는 지하 석실에서 임독양맥을 소통시키기 위해서 전력을 다하고 있는 중이었다.

그리고 이십 번쯤의 시도 끝에 엄청난 충격을 받으면서 정신이 아득해졌었다.

그리고는 정신을 차리고 보니까 이곳이고 은조가 울고 있으며 침상 주위에 위걸과 여의사령이 모여서 걱정스러운 표정을 짓고 있었다.

'임독양맥은 어떻게 된 건가?'

그 생각이 제일 먼저 들었다. 그래서 그는 상체를 일으켜 단정하게 앉아서 운공조식을 시작했다.

은조가 눈물을 흘리면서 반가운 표정을 짓고 있지만 지금은 그게 문제가 아니다.

그런데 단전의 공력을 일으키던 그는 움찔 놀라서 하마터면 눈을 뜨며 소리를 지를 뻔했다.

오른팔의 공력을 사용하지 않고 순전히 단전의 공력만을 일으켰을 뿐인데 마치 오른팔의 공력을 일으켰을 때처럼 묵직하면서도 심후한 공력이 끌어올려진 것이다.

그래서 그는 어쩌면 임동양맥이 소통됐을지도 모른다는 기대를 품었다.

아까 마지막 순간에 독맥의 첫 번째 혈도가 뚫리는 순간 엄청난 충격과 고통이 엄습했는데, 그때 이를 악물고 견디면서 죽기 아니면 살기로 다음 혈도를 향해 공력을 쏟아내다가 정신을 잃었었다.

조심스럽게 운공조식을 하던 그는 공력이 체내의 어디 한군데 막힘없이 임맥과 독맥을 쌩쌩 빠르게 운행되고 있는 것을 확인하고 뛸 듯이 기뻤다.

설마 하는 마음에 내처 세 차례 운공을 했으나 세 번 다 똑같은 상황이다.

'됐다!'

마침내 임독양맥, 즉 생사현관이 소통되었다. 강호인들에게 그것이 얼마나 대단한 일인지 잘 모르는, 그리고 무공에 대한 지식이 일천한 그는 그저 그로 인해서 공력이 증진되어 삼라만상비를 성공시킬 수 있을 것이라는 생각에 마음이 들뜨고 흥분을 느꼈다.

이윽고 그가 눈을 뜨자 은조와 위걸 등은 그가 운공조식을 했다는 사실을 짐작하고 조심스러운 표정을 지었다.

"괜찮아요?"

은조가 아직도 눈물이 그렁하게 고여 있는 아름다운 눈을 깜빡이면서 묻자 쾌도비는 빙그레 엷은 미소를 지으며 고개를 끄떡였다.

"매우 좋소."

"어디 봐요."

은조는 그에게 상체를 숙이면서 섬섬옥수를 뻗어 그의 손목의 맥을 짚었다.

그녀가 처음 발견했을 때 그는 열이 펄펄 났었기에 확인해 보려는 것이다.

그때 뒤에 서 있던 우렁이 무릎으로 그녀의 둔부를 슬쩍 밀어버렸다.

"아……."

은조는 쾌도비에게 쓰러지며 안기고 말았다. 그녀가 상체를 너무 기울이다가 균형을 잃고 쓰러진 것처럼 자연스러운 동작이었다.

쾌도비는 그녀를 안고 빙그레 미소 지었다.

"괜찮은 것 같소?"

두 사람의 뺨이 닿아 있어서 은조는 가슴이 미친 듯이 두근거려 꼭 이대로 죽을 것만 같았다.

"네……."

은조는 그의 품에 안긴 상태에서 조그맣게 대답했다. 평소 같았으면 급히 몸을 일으켰을 텐데 지금은 용기를 내서 그대로 가만히 있었다.

위걸은 그 광경을 보면서 얼굴이 붉으락푸르락 변하다가 힐끗 우령을 쳐다보더니 한쪽 눈을 찡긋 감으면서 전음을 보냈다.

[우령, 나도 부탁하오.]

그리고는 서둘러 은조를 일어나라고 성화를 하고 나서 쾌도비에게도 일어나라는 손짓을 했다.

"쾌 형, 잠깐 일어나 보시오."

쾌도비가 의아한 표정을 지으며 침상에서 내려오자 위걸은 자신이 침상에 벌렁 누웠다.

"어… 갑자기 몸이 천근만근이로군."

그러나 우령은 못 본 체하고 은조에게 넌지시 말했다.

"소루주께서 직접 요리하신 잉어탕이 식기 전에 쾌 소협께 드리는 게 어떤가요?"

"아! 쾌 소협, 시장하세요?"

쾌도비는 짐짓 은조를 쳐다보며 침을 흘렸다.

"은 소저라도 잡아먹고 싶은 심정이오."

"어머?"

우령이 너스레를 떨었다.

"그렇다면 잉어탕을 드리지 말고 식탁에 소루주를 올려놓아야겠군요."

쾌도비와 은조가 똑같이 의아한 표정을 짓자 우령은 묘한 미소를 지었다.

"그래야지만 쾌 소협께서 소루주를 잡수시겠지요."

"와앗!"

우령을 제외한 은조와 여의삼령은 너무 놀라고 부끄러워서 손으로 얼굴을 가리며 비명을 질렀고, 쾌도비는 머쓱한 표정을 지었다.

그러나 우직한 위걸은 침상에서 벌떡 일어나더니 정색으로 손을 저었다.

"쾌 형은 절대로 인육(人肉)을 먹지 않을 게요."

"오호호호홋!"

"하하하하하!"

순진한 그 말에 다들 파안대소하고 그런데도 위걸은 진지한 표정을 지었다.

"그럼 쾌 형이 인육을 먹는다는 말이오?"

그날 밤에 쾌도비는 모처럼만에 모두와 함께 즐겁게 술을 마셨다. 모두라고 해봤자 쾌도비와 은조, 위걸, 여의사령 등 일곱 명이다.

우령의 열렬한 응원과 조언을 받은 은조는 쾌도비 옆에 찰싹 붙어 앉아서 이것저것 시중을 들면서 애교와 아양, 교태를 떠느라 제 딴에는 열심이다.

그녀는 그런 행동을 하고 있는 자신이 매우 이상하고 천박하게 여겨졌으나 꾹 참고 때로는 자신이 생각하기에도 지나치다고 여겨지는 행동들도 서슴지 않았다.

그렇지만 그런 행동은 보통의 여자들이 술을 마시면서 행하는 보통의 행동에 지나지 않았다.

그러나 은조에게는 일생일대의 파격이다. 그녀는 여자로서 새롭게 태어나고 있었다.

처음부터 오늘은 망가져 보자고 작정을 하고 술을 마신 은조는 평소보다 많이 취했으며 그래서 자의 반 취기 반으로 쾌도비에게 몸을 기대거나 그의 팔을 두 팔로 잡고 가만히 자신의 가슴에 안아보기도 하며 제 딴에는 도발적인 행동들을 서슴없이 했다.

적당히 술이 오른 쾌도비는 그녀의 그런 행동들이 그다지 싫지 않은 듯 이따금 팔로 그녀의 어깨를 감싸거나 머리를 쓰다듬기도 했다.

술자리는 자정이 다 되어서야 끝났다.

쾌도비는 술을 마시기 전에는 적당하게 마시고 나서 자신의 방으로 돌아가 벼르고 별렀던 삼라만상비를 전개해 보려고 마음먹었다.

그러나 막상 술자리가 시작되니까 절제하기가 어려워서 워낙 술이 기분 좋게 취한 탓에 삼라만상비는 내일 하기로 미루고 오늘 밤은 푹 쉬기로 했다.

그는 자신의 방으로 가다가 옆방에 있는 호연의 방으로 불쑥 들어가 보았다.

은조가 호연을 그의 곁에 두라고 하고는 방까지 그의 옆방으로 옮겨준 것이다.

쾌도비는 북경 성내 대로에서 호연을 발견하여 그녀를 구해주고 또 이곳으로 데려온 이후 한 번도 그녀의 방을 찾아가 본 적이 없었다.

바쁘기도 했지만 그녀에게는 항상 죄를 지은 마음이 앞서서 그녀의 얼굴을 보는 것이 내키지 않았다. 솔직히 말하자면 용기가 없었던 것이다.

하지만 오늘은 오랜만에 그리고 취중에 그녀의 상태가 어떤지 확인해 보고 싶은 생각과 그녀의 증오심을 조금이라도 풀어주고 싶은 마음이 생겼다.

슥―

그가 방을 열고 들어가자 벽 쪽에 놓인 침상에 호연이 누워 자고 있는 모습이 보였다.

상처를 보게 되면 곤하게 자고 있는 그녀를 깨울지도 모른다는 생각에 그냥 문을 닫고 갈까 하다가 이왕 문까지 열었으니 그녀의 상처가 제대로 아물고 있는지 확인이나 해보자는 생각이 들어 문을 닫고 침상으로 다가갔다.

눈을 꼭 감고 있는 호연은 지난번 북경 성내에서 처음에 봤을 때는 무척 초췌하고 말랐으나 지금은 제대로 잘 먹고 보살핌을 받은 덕분에 몰라보게 좋아져서 볕에 적당하게 그을린 건강한 아름다움을 되찾은 모습이다.

슥—

쾌도비가 그녀의 머리맡 침상 가장자리에 걸터앉자 그녀가 깨어나 눈을 떴다.

“아…….”

그리고는 쾌도비를 발견하고 화들짝 놀라더니 몸을 일으키려는 것을 그가 어깨를 지그시 눌러 다시 눕게 했다.

“내가 깨웠구나.”

호연은 그를 올려다보다가 시선을 거두어 눈을 내리깔고는 매우 복잡한 표정을 지었다.

얼마 전에 소루주 은조가 그녀에게 와서 앞으로 죽을 때까지 쾌도비 곁에서 그의 하녀로서 봉사하라는 명령을 하고 갔기 때문이다.

호연은 난데없는 명령에 무척 놀랐으나 지엄한 소루주의 명령이라서 이견을 달거나 거부할 수는 없었다.

더구나 자신이 저지른 죄에 대해서 은조가 가타부타 한마디도 하지 않아서 감지덕지할 뿐이다.

은조는 호연을 꾸짖는 대신 쾌도비가 얼마나 훌륭한 사람인지, 천하의 수많은 사람이 그의 곁에서 보필하고 싶어 한다는 것, 또한 그가 장차 강호에서 위대한 일을 하게 될 것이며, 무림사에 길이 남을 업적을 이루게 될 것이라는 사실에 대해서 구구절절이 설명을 해주었었다.

그러나 사실 호연은 은조의 말들이 하나도 귀에 들어오지 않았으며 믿어지지도 않았다.

호연에게 있어서 쾌도비는 마차를 강탈한 강도일 뿐만 아니라 마차를 되찾으려는 청파루주 등을 무참히 죽인 원수에다가 호연의 혈도를 제압한 상태에서 순결을 짓밟은 짐승 같은 늑대일 뿐이었다.

"상처는 어떠냐?"

그가 물었으나 호연은 눈을 질끈 감으면서 아무 말도 하지 않았다.

그녀는 쾌도비가 빨리 나가 이 답답하고 어색한 분위기에서 해방되고 싶다는 생각뿐이다.

은조는 그가 마차를 강탈한 것이나 청파루주 등을 죽인 사실을 알고 있으며, 그것을 충분히 이해하고 이미 다 용서했다고 말했다.

그러므로 호연은 더 이상 그 문제로 인해서 쾌도비를 원수로 대할 이유가 없다. 은조뿐만 아니라 여의루주마저도 다 이해한 일을 갖고 호연이 왈가왈부한다는 것 자체가 언어도단이다.

그렇기 때문에 호연과 쾌도비 사이에 남아 있는 문제는 지극히 사사로운, 즉 쾌도비가 호연을 능욕했었다는 사실 하나뿐이다.

"상처를 봐도 되겠느냐?"

쾌도비가 상체를 숙이면서 묻는데 그에게서 술 냄새가 확 끼치자 호연은 뜻밖인 듯 눈을 떴다.

쾌도비는 호연의 상체 쪽 이불을 약간 벗기고 어깨의 상처를 보았다.

주소옥이 만들어놓은 금창약을 사용하며 삼시 세끼 좋은 보약을 먹은 덕분에 상처는 벌써 딱지가 앉아 다 나아가고 있는 중이다.

슥—

"아프지 않으냐?"

쾌도비가 손가락으로 어깨의 상처를 부드럽게 쓰다듬자 호연은 움찔했으나 역시 대답하지 않았다.

그리고 그의 손을 뿌리치지도 않았다. 그것 때문에 그녀는 지금 내심 매우 놀라고 있다.

이 당장 쳐 죽여도 시원치 않은 놈의 손길이 닿았는 데도 가만히 있다니, 그것은 그녀가 품고 있는 원한을 배신하는 행위다.

게다가 방금 전까지만 해도 그가 빨리 나가주기를 바랐었는데 지금은 그런 생각 자체가 사라져 버렸으며, 다시 눈을 감으며 가슴까지 두근거리고 있었다.

"옆구리 상처도 보자."

슥—

쾌도비가 이불을 어깨 아래로 걷자 호연은 화들짝 놀라 몸을 화드득 떨었다.

사실 그녀는 계속되는 치료 때문에 아무것도 입지 않은 상태였다.

그래서 쾌도비가 옆구리의 상처를 보려고 이불을 걷자 나신이 드러났다.

더구나 이불을 더 많이 걷는 바람에 무릎까지 아무것도 입지 않은 나신이 고스란히 드러났다.

이불을 걷은 쾌도비나 누워 있는 호연 둘 다 그대로 돌이 된 듯 굳어버렸다.

호연은 소스라치게 놀랐으나 눈을 뜨지 않았다. 당장 쾌도비의 뺨을 갈기고 나가라고 악을 써야 마땅한 데도 이상하리만치 조용히 누워 있을 뿐이다.

쾌도비는 그녀가 이불 속에서 나신으로 누워 있을 줄은 전혀 예상하지 못했었다.

그래서 뜻하지 않게 그녀의 나신을 접하고 돌부처가 된 듯 물끄러미 굽어보기만 했다.

옆구리 상처를 보려고 했던 원래의 취지는 어디론가 사라져 버리고 그의 시선이 그녀의 터질 듯 풍만한 젖가슴과 잘록한 허리, 오목한 배, 그리고 무성한 검은 숲을 천천히 훑어 내렸다.

잘 발달된 근육질의 몸매다. 남자처럼 울퉁불퉁한 근육이 아니라 여리고 가늘면서도 탄탄한 몸매다. 그리고 선명한 복근이 차라리 아름다웠다.

호연은 이 질식할 것만 같은 침묵이 더욱 무겁게 느껴지는 이유가 그가 자신의 나신을 살피고 있기 때문이라는 사실을 알면서도 눈을 감은 채 꼼짝도 하지 않았다.

그런데 기이하게도 그의 시선이 느껴졌다. 시선이 닿은 젖가슴이 스멀거렸으며 그 다음은 배, 그리고 옥문으로 스멀거림이 이어지는가 싶더니 곧 그 부위들이 불에 덴 듯이 뜨거워지면서 기묘한 갈증이 느껴져서 목젖을 울리며 마른침을 꼴깍 삼켰다.

'이… 게 무슨 느낌이지?

그녀는 혼란에 빠졌다. 원수 같은 놈이 자신의 나신을 훑어보는 데도 기이한 희열을 느끼면서 또한 부끄러워하고 있는 것이 아닌가.

슥—

"흑!"

그런데 그때 쾌도비의 손이 몸에 닿았다. 어깨의 상처도 옆구리의 상처도 아닌 젖가슴에 닿는 바람에 호연은 몸이 움츠러들면서 낮은 신음을 토해냈다.

그의 손은 가만히 부드럽게 젖가슴을 쓰다듬다가 힘을 주어 살짝 움켜잡았다.

"무슨……."

호연은 복잡한 표정을 지으며 눈을 뜨려고 하다가 흠칫 놀라고 말았다. 쾌도비의 얼굴이 가까이 다가오고 있었기 때문이다.

쾌도비는 무엇에 홀린 듯한 얼굴을 하고 그녀의 젖가슴으로 입을 가져가서 입을 크게 벌려 젖가슴을 송두리째 삼키려는 듯 빨기 시작했다.

"하윽!"

이게 무슨 짓이냐고 당장 뿌리쳐야 하는데 호연은 가쁜 숨소리를 터뜨리며 그의 머리를 감싸 안았다. 마치 그러기를 기다리고 있었다는 듯한 어이없는 반응에 그녀는 다시 한 번 놀랐다.

쾌도비는 부드럽게 그러면서 거칠게 호연의 젖가슴을 빨

고 혀로 유두를 핥으며 애무했다.

"아아……."

그러더니 이윽고 그의 손이 아래로 내려가 옥문을 부드럽게 어루만지자 그녀는 온몸을 뻣뻣하게 뻗으며 숨이 넘어가는 듯한 신음을 토해냈다.

그녀는 머릿속이 하애지면서 아무 생각도 나지 않았다. 그저 사막 한가운데에서 갈증에 헐떡거리다가 차가운 물을 온몸으로 맞은 것 같은 상쾌함을 느끼고 있을 뿐이다.

오히려 그의 손이 옥문을 더듬자 바르르 경련을 일으키면서 다리를 약간 벌리는 친절까지 베풀고 있다.

그의 손가락은 요술을 부리고 있다. 보통 여자들보다 훨씬 짙고 검은 새카만 숲을 헤치고 흠뻑 젖은 옹달샘을 거침없이 쓰다듬고 만지는가 싶더니 손가락 하나가 옹달샘 속으로 깊숙이 미끄러져 들어갔다.

"하악!"

호연의 몸이 활처럼 젖혀지면서 바들바들 떨었다.

쾌도비는 그녀를 애무하면서 한손으로 서둘러 옷을 벗더니 곧 그녀의 나신 위에 자신의 육중한 나신을 포갰다.

"흑!"

기묘한 안도감이 포함된 묵직함에 호연은 가슴이 심하게 두근거리는 것을 느꼈다.

쾌도비는 욕정으로 이글거리는 눈빛으로 그녀를 굽어보며 중얼거렸다.

"내가 잘못했다, 연아……."

"……."

"이제는 강제로 너를 욕보이지 않으마."

그 말에 호연의 두 눈에 소르륵 눈물이 솟구쳤다.

"너와 하고 싶다. 하게 해다오."

쾌도비의 입에서 독한 술 냄새가 풍겼다.

그가 강제로 욕보이지 않겠다면서 하고 싶다고 허락을 구하자 신기하게도 그녀는 그동안 그에게 품었던 독한 원한이나 해묵은 감정 따위가 한순간 눈 녹듯이 사라지는 것을 느꼈다.

죽이고 싶도록 지독한 원한이었는데 이렇게 쉽사리 사라진다는 사실이 믿어지지 않았다.

아니, 그뿐만이 아니라 원한이 깊은 애정으로 변하고 있는 것을 느꼈다.

그렇다면 그동안 그녀가 품고 있었던 원한과 증오는 무엇이었다는 말인가.

그런 복잡한 감정은 뭐라고 말로는 도저히 설명하기 어려운 그 무엇인가가 있는 것 같았다.

"해도 되겠느냐?"

그의 크고 단단해진 음경이 옥문을 툭툭 건드렸다. 예전에 저 흉측한 물건이 그녀의 순결을 파괴하여 원한을 심었었는데 지금은 또 다른 상황을 만들어내면서 두 번째 파괴를 요구하고 있다.

그러나 첫 번째와 두 번째는 성격이 엄밀하게 다르다. 첫 번째는 순전히 파괴를 위한 파괴였지만, 두 번째는 화합을 위한 파괴다.

호연은 대답 대신 고개를 옆으로 돌린 채 그저 눈물만 펑펑 흘렸다.

그것이 무언의 허락인 데도 쾌도비는 우직하게 그녀의 대답만을 고집했다.

"알았다. 싫다면 억지로 하지 않으마. 역시 너는 나를 용서하지 않는구나."

그는 몹시 취한 중에도 쓸쓸한 표정을 지으며 그녀의 몸에서 내려가려고 했다.

그러자 호연이 갑자기 두 팔로 그의 허리를 꼭 끌어안았다. 그렇지만 그녀가 여전히 아무 말도 하지 않기 때문에 그는 그게 무슨 뜻인지 긴가민가했다.

호연은 눈물을 흘리면서 그를 하얗게 흘기며 두 손 열 손가락으로 그의 궁둥이를 살짝 힘주어 움켜잡았다.

"나쁜 사람……"

그 말에 쾌도비는 그녀의 의도를 비로소 알아차렸다.

"그래, 나는 나쁜 놈이다. 너를 욕보이고서도 정신 못 차리고 또 이렇게 괴롭히는구나."

"그런 말 하면 싫어요."

그녀는 그렇게 말하고는 눈을 사르르 감고 두 다리를 벌리더니 손을 뻗어 그의 단단해진 음경을 잡았다.

태어나서 한 번도 사내의 그것을 손으로 잡아본 적이 없었으나 이상하게도 그녀는 그의 음경이 낯설다는 느낌을 전혀 받지 않았다.

이어서 그녀는 하체의 자세를 취하면서 단단한 음경의 귀두를 자신의 옥문에 대주었다.

"연아……."

크게 감격하고 또 흥분한 쾌도비는 두 손으로 그녀의 뺨을 감싸 쥐었다.

호연은 눈을 감은 채 얼굴을 붉히며 소곤거렸다.

"앞으로는 소녀의 허락을 받지 않아도 괜찮아요."

"그럼 지금 하겠다."

"또……."

"알았다."

쾌도비는 그녀의 허락에 힘입어서 더욱 크고 단단해진 음경을 천천히 그녀의 옥문 속으로 밀어 넣었다.

“아아…….”

그녀가 갑자기 경악하는 얼굴로 눈을 번쩍 뜨더니 얼굴이 고통으로 일그러지면서 열 손가락으로 그의 둔부 양쪽을 힘껏 움켜잡았다.

“아프냐?”

“아아… 그냥 해요…….”

그 다음 순간 그녀는 무엇인가 거대한 것이 자신의 질을 통해서 자궁을 뚫고 창자까지 밀려 올라오는 것을 느끼고 온몸을 바들바들 떨었다.

“아아아아…….”

第六十九章

수임방원기(水任方圓器)

—물은 그릇의 모남과 둥글음에 따라 그 모양이 달라진다

이른 새벽. 쾌도비는 자신의 방 침상에 앉아서 비도쾌를 손바닥에 올려놓고 있다.

아직 동이 트려면 반 시진쯤 있어야 하는 시각에 그는 잠이 깨어 삼라만상비를 전개하기 위해서 자세를 취하고 있는 것이다.

잠이 깼다기보다는 삼라만상비를 전개해 봐야 한다는 책무 같은 것이 잠재되어 있어서 잠을 설쳤다.

그가 앉아 있는 정면 삼 장 거리에는 창이 활짝 열려 있고 창 밖 십오 장쯤에는 인공 숲이 있는데 그중 앞쪽에 있는 한 그루 거목을 표적으로 삼았다.

표적으로 삼은 거목까지의 거리는 대략 십칠팔 장쯤이며, 비도쾌가 거목까지 날아가서 칼자국이라도 내고 돌아온다면 일단 성공이라고 할 수 있다.

중요한 것은 비도쾌가 십칠팔 장의 거리를 순전히 공력의 힘만으로 날아갔다가 돌아온다는 사실이다.

쾌도비는 첫 시도를 위해서 몇 차례나 운공조식을 거듭하면서 삼라만상비의 구결을 수십 번이나 마음속으로 되새겨 보기를 반복했다.

임독양맥을 소통시켰기 때문에 이제는 삼라만상비를 성공시킬 자신이 있다.

하지만 실패를 하게 된다면 쓴맛을 두 번 다시 보고 싶지 않아서 만전을 기하는 것이다.

이제 모든 준비는 끝났다. 만약을 대비하여 본신의 공력만이 아니라 오른팔의 공력까지 보태어 한꺼번에 비도쾌에 주입시킬 것이다.

구결을 불과 반 호흡 만에 체내에서 운용하여 그렇게 해서 만들어진 공력, 즉 이도전공(以刀專功)을 비도쾌에 보내어 표적을 향해 날려 보내면 된다.

'시작한다.'

그는 표적으로 삼은 거목을 뚫어지게 주시하면서 삼라만

상비의 구결을 재빨리 체내에서 운용했다.

지잉…….

그 순간 그로서는 난생처음 들어보는 기이한 음향이 실내를 잔잔하게 흔들었다. 그것은 마치 커다란 징을 살짝 건드린 듯한 음향이다.

그리고 그는 보았다. 한 줄기 검푸른 섬광이 그의 펼쳐진 손바닥에서 뿜어져 일직선을 그으며 폭발하듯이 뿜어져 나아가는 것을.

스웅…….

그리고 뿜어질 때하고는 조금 다른 작은 음향이 나는 듯하더니 비도쾌는 어느새 그의 손바닥 위에 얌전하게 돌아와 있었다.

'성공인가?

그는 비도쾌와 표적으로 삼았던 거목을 번갈아 쳐다보면서 긴장한 표정을 지었다.

그렇지만 거목은 멀쩡하게 그대로 서 있었다. 안력을 돋우어 자세히 살펴봐도 칼자국 같은 것은 없다. 그렇다면 비도쾌는 검푸른 섬광으로 변해서 도대체 어딜 갔다가 되돌아온 것인지 모를 일이다.

드극…….

그런데 그때 창 밖에서 이상한 소리가 들려서 쳐다보니까 거목의 윗부분이 가볍게 흔들리고 있었다.

그리고 그가 쳐다보고 있는 중에 거목이 지상에서 사람 키 정도 부위가 잘려지면서 윗부분이 옆으로 묵직하게 쓰러지기 시작했다.

쾌도비는 그걸 보면서 회심의 미소를 지었다. 웬만한 일로는 표정의 변화나 마음이 움직이지 않는 그이지만, 그동안 성공시키기 위해서 그토록 노심초사했던 삼라만상비의 성공으로 마음이 한결 편해졌다.

더구나 살짝 칼자국만 내는 것을 목표로 삼았으나 거목을 통째로 잘랐으니 어찌 흡족하지 않겠는가.

쿠쿵!

그가 두 팔을 뻗어서 세 아름은 되고도 남을 거목이 쓰러지면서 지축을 크게 흔들어 큰 소리가 장원 전체를 떨어 울렸다.

"무슨 일이냐?"

"습격인가?'

다음 순간 전각 여기저기에서 북황도와 여의루 고수들이 와르르 쏟아져 나오며 외쳤다.

쾌도비는 고요한 이른 새벽부터 난리를 피운 것이 미안해서 그냥 이불을 덮고 누워서 자는 체했다.

"쾌 소협!"

잠시 후에 은조가 들이닥치더니 다짜고짜 누워 있는 쾌도비의 이불을 젖히며 다급히 외쳤다.

"습격인 것 같아… 악!"

순간 그녀는 소스라치게 놀라서 그 자리에서 굳어버리며 비명을 질렀다.

이불이 걷힌 채 반듯하게 누워 있는 쾌도비는 알몸으로 눈을 껌뻑거리고 있었다.

그러고 보니까 그는 지난밤에 몹시 취한 상태에서 호연하고 정사를 한 후에 벗은 채 옷만 들고 와서 그냥 쓰러져 잠이 들었었다.

은조가 돌아서서 두 손으로 얼굴을 가리고 어쩔 줄 모르는 모습을 보고 쾌도비는 씁쓸한 표정을 지으며 일어나 옷을 입었다.

쾌도비는 아침 식사를 하고 나면 소요장을 떠났다가 땅거미가 질 무렵에 돌아오곤 했다.

사실 그는 소요장에서 멀지 않은 인근의 야산 깊은 곳에서 매일 무공을 연마하고 있는 중이다.

삼라만상비는 물론이고 비쾌법을 비롯한 자신이 최초로 익혔던 쾌도식, 즉 북두인과 경공술 비조행 등을 총망라해서 쉬지 않고 연마했다.

　물론 새로 성공시킨 삼라만상비 연마에 가장 큰 비중을 두고는 있으나, 고금제일도와 천지무쌍쾌를 가일층 다듬으면서 발전시키고 있으며, 북두인과 비조행도 결코 소홀히 하지 않았다.

　강호에서는 강적하고 싸우는 경우는 드물고 평범한 고수들과 싸우는 경우가 대부분이다.

　그럴 때마다 절학 중에서도 절학인 비쾌법을 전개할 수는 없는 노릇이다.

　그러니까 북두인을 절차탁마(切磋琢磨)하는 것이고, 현재 그가 가장 취약한 부분인 경공을 보강하기 위해서 비조행을 새로운 관점에서 다시금 연마하고 있는 것이다.

　지난 보름 동안 야산에서 구슬땀을 흘리며 무공 연마에 심혈을 기울인 결과 그는 보름 전에 비해서 장족의 발전을 하게 되었다.

　임독양맥의 소통으로 인해서 그의 공력은 거의 두 배 반에서 세 배 가까이 급증한 상태다.

　한 가지 애석한 일은, 그런데도 삼라만상비를 전개할 때에는 오른팔의 공력을 보태야만 한다는 사실이다.

　그로 미루어 삼라만상비가 얼마나 심후한 공력을 필요로 하는지, 그리고 얼마나 가공한 무공인지 짐작할 수 있다.

　그렇지만 비쾌법 일 초식 천지무쌍쾌와 이 초식 고금제일

도는 오른팔의 공력을 빌리지 않고 본신의 공력만으로도 전
개할 수 있게 되었다.

물론 거기에 오른팔의 공력을 보태면 예전하고는 비교도
할 수 없는 위력이 뿜어진다.

그는 무공 연마 중에서 북두인과 비조행 연마에 사 할의 시
간을 할애하고 있다.

아니, 공력이 많이 증진된 지금 예전에는 몰랐던 북두인의
오묘한 이치를 깨닫게 되어 속도와 위력이 몇 배나 빨라지고
가공해졌다.

비쾌법 삼 초식에는 미치지 못하지만 강호의 여느 도법이
나 검법과 비교했을 때 가히 발군의 위력이다.

오늘도 그는 해가 뉘엿뉘엿 질 무렵이 돼서야 소요장으로
돌아왔다.

은조를 비롯한 모두들 저녁 식사를 하지 않고 기다리고 있
다가 쾌도비와 함께 오붓하게 식사를 했다.

쾌도비는 식사가 끝난 후에 모두와 어울려서 반 시진 정도
담소를 나누다가 자신의 방으로 돌아와 그때부터 운공조식에
들어갔다.

운공조식이란 한 번 할 때마다 호흡을 통해서 체내의 찌꺼
기를 몸 밖으로 배출해 주고 기혈과 근력을 튼튼하게 만들어

주며 공력을 증진시킨다.

그렇다고 해서 한 차례 운공조식으로 공력이 불쑥 증진하는 것이 아니라 그 수치는 실로 미미하다.

하지만 거대한 강이나 바다도 한 방울의 물이 모여서 이루어진 것처럼, 오랜 세월 동안 운공조식을 거듭하다 보면 미미한 공력이 모이고 모여서 언젠가는 공력의 바다를 이루게 되는 것이다.

"후우……."

이윽고 그는 열 차례의 운공조식을 끝내고 나서 긴 숨을 토해냈다.

예전에는 느끼지 못했던 극도의 상쾌함이 심신을 가득 채웠으며 몸이 솜털처럼 가벼워졌다.

그가 운공조식을 하고 있는 심법은 삼절심법(三絶心法)이며 여섯 살 때 영호승에게 배웠다.

삼절심법에는 무절(武絶), 기절(氣絶), 영절(靈絶) 세 종류가 있어서 '삼절'이라고 하는데, 여섯 살 이후 그는 줄곧 첫 번째인 무절만을 사용해 오고 있다.

구결은 다 알고 있으며 어렸을 때에는 기절과 영절도 두루 사용했었으나 세 가지가 다 비슷하다는 사실을 깨달은 이후에는 무절만 사용했던 것이다.

슥—

그는 옆방 호연에게 가기 위해서 몸을 일으켰다. 그는 보름 전에 호연과 몸을 섞은 이후부터 하루도 쉬지 않고 매일 밤 그녀의 방을 찾았었다.

예전에 그가 호연을 고문하느라 강제로 욕을 보였던 일은 정상적인 남녀 간의 정사라고는 볼 수가 없다. 그것은 단지 강간일 뿐이었다.

하지만 보름 전 두 사람의 정사는 서로가 원해서 이루어진 정사였었다.

두 사람 사이에 과연 사랑이 밑바탕에 깔려 있는가 하는 것은 의문이다.

아니, 쾌도비는 호연을 사랑하지 않으면서도 단지 그녀의 몸을 요구하고 있다.

그는 젊고 혈기왕성하기 때문에 때가 되면 육체가 여자와의 결합을 원한다.

또한 그는 누군가를 간절하게 사랑하고 있으면 몸도 정신도 깨끗한 상태를 유지해야 한다는 이른바 '정절'을 지켜야 한다는 사실을 배운 적이 없었다.

즉, 주소옥을 사랑하는 것과 호연의 몸을 탐닉하는 것은 별개하고 생각한다.

더구나 그는 주소옥을 잊어야 한다고 결심했기 때문에 호연을 탈출의 한 방편으로 삼고 있다.

말하자면 호연을 사랑하지 않으면서도 그녀를 이용하고 있는 것이다.

그래서 그녀와 정사를 많이 하면 할수록 그에 비례해서 주소옥을 그만큼 빨리 잊을 수 있을 것 같다는 자기최면에 빠진 듯했다.

예전에 그는 욕정이 쌓이게 되면 몇 푼의 돈을 주고 기녀나 창녀를 품었었다.

지금 그가 호연과 정사를 하는 것은 단지 돈을 주지 않는다는 것뿐이지 근본적으로는 그것하고 별로 다를 바가 없다고 말할 수 있다.

더구나 한 가지 좋으면서도 나쁜 점은, 예전에는 몇 달에 한 번 몸에 쌓인 정액을 방출한다는 의미에서 마지못해 기녀나 창녀를 품었었는데 지금은 그런 상황이 아닌 데도 그 스스로 호연을 찾고 있다는 사실이다.

인간은 학습하는 동물이다. 어떤 한 가지 행동을 하게 될 때 처음에는 무척 서툴고 생소하지만 같은 행동을 두 번 세 번 거듭 회수를 반복할수록 그 행위가 익숙해지고 거기에서 만족을 찾도록 되어 있다.

같은 의미로 그는 호연과의 정사를 통해서 성욕의 쾌감을 배웠으며 그것이 의식주처럼 인간에게 매우 필요한 행위라는 사실을 깨닫게 된 것이다.

그래서 그는 배가 고프면 자연스럽게 밥을 먹는 것처럼 호연을 찾게 되었다.

인간은 맛있는 요리를 보면 먹고 싶으며 좋은 물건을 보면 갖고 싶어지는데 쾌도비도 그 점에서는 예외가 아니다.

그에게 있어서 호연은 맛있는 요리이고 갖고 싶은 물건에 다름 아니다.

그 따뜻하고 싱싱하며 펄떡이는 육체를 안고 싶으며, 그가 흥분이 고조되어 거친 숨을 토해내면서 미친 듯한 동작을 취하면 상대 역시 정신을 잃을 정도로 쾌감이 고조되어 결사적으로 매달리며 호응을 하고 신음을 토해내는 그 행위가 너무나도 좋다.

그리고는 터질 듯한 자신의 음경을 삽입하면 그녀의 질이 흡사 문어발처럼 빨아들이는 뭐라고 표현할 수 없는 그 쾌감이 하루에도 몇 번이나 생각나곤 했다.

"오셨어요?"

사랑을 하게 되고 정사의 쾌감에 길들여졌으며 사내의 정액을 체내에 품게 된 여자는 스스로 빛을 발하는 발광체(發光體)가 되는 법이다.

사내의 정액은 여자의 생리통이나 관절염, 피부병, 두통 따위 잡다한 병들을 낫게 해주는 신묘한 효능을 지니고 있다고 한다.

숫처녀 시절에는 여러 자질구레한 병으로 고생을 하다가
도 사내를 알게 되면 자연히 치유된다는 말이 그래서 나온 것
이다.

쾌도비가 방으로 들어서자 탁자 앞에 앉아서 그를 기다리
고 있던 호연은 얇은 나삼만을 입은 모습으로 수줍게, 그러면
서도 농염한 미소를 지으며 반갑게 그를 맞이했다.

"오늘은 늦으셨군요."

열여섯 번이나 자신과 질펀한 정사를 나눈 건장한 사내를
바라보면서 미소를 짓는 호연의 눈빛에는 음탕함이 짙게 배
어 있다.

그것은 그녀 탓이 아니다. 제아무리 현모양처라고 해도 호
연과 같은 입장이 되면 그런 눈빛을 띨 수밖에 없다. 그것은
자신과 자신을 범한 사내만이 알아볼 수 있는 특유의 신호 같
은 것이기도 하다.

호연은 속이 훤하게 내비치는 얇은 나삼 속에 아무것도 입
고 있지 않아서 무르익은 농염한 몸매가 고스란히 드러나 보
였다.

쾌도비가 오자마자 자신의 몸을 원할 것이라는 사실을 미
리 알고 준비하고 있었던 것이다.

"음."

쾌도비가 고개를 끄떡이자 호연은 스스럼없이 다가와서 그의 품에 안기며 그를 침상으로 이끌었다.

"하아아… 하아……."

한 번의 삽입으로 두 번 사정을 한 쾌도비의 음경은 그녀의 질 속에서 여전히 단단했다.

호연은 숨이 넘어갈 듯한 극도의 쾌감을 두 번이나 맛보고서 심장이 튀어나올 듯 허파가 터질 것처럼 거칠게 숨을 몰아쉬었다.

그러면서도 쾌도비를 힘껏 부둥켜안은 두 팔과 두 다리에 힘을 풀지 않았다.

정사를 한 번 더 하면 죽을 것 같으면서도 이것은 그저 본능적인 행동일 뿐이다.

"하아아… 사랑해요… 쾌 랑. 당신 없으면 천첩은 하루도 못 살 것 같아요……."

그녀는 옥문에 힘을 주어 그의 음경을 움켜잡으면서 아직도 남아 있는 쾌감 때문에 부르르 몸서리를 쳤다.

그녀의 말인즉, 쾌도비가 없으면 하루도 살지 못할 것 같다는 뜻이 아니라, 그와 하루라도 정사를 하지 못하면 그럴 것이라는 뜻 같았다.

그녀는 며칠 전부터 행위가 끝나면 지금처럼 사랑한다고,

당신 없이는 못 산다는 말을 했다.

하지만 그에게 자신을 사랑하느냐고 묻지는 않았다. 언감생심 그것을 바라기에는 자신의 존재가 하찮다는 사실을 잘 알기 때문이다.

그래서 그녀의 말은 순전히 그녀의 솔직한 심정일 뿐이다.

슥—

쾌도비는 침상에서 내려와 바닥에 흩어져 있는 자신의 옷을 한손에 그러쥐고는 문으로 향했다.

"가시게요?"

호연은 침상에서 상체를 일으켜 그의 넓은 뒷모습을 바라보면서 아쉬운 표정을 지었다.

그녀는 방금 전까지 자신의 옥문 가득 터질 듯이 들어차 있던 단단한 음경과 몸을 짓누르고 있던 묵직한 중량감이 한꺼번에 사라져 버리자 마치 호흡이 끊어져 버린 듯한 느낌이 들었다.

그동안의 정사는 쾌도비만이 아니라 오히려 그녀를 더욱 성욕의 노예로 만들어 버렸다. 하지만 그것은 쾌도비가 의도했던 바가 아니다.

호연의 방문을 열고 복도로 나서 등 뒤로 문을 닫던 쾌도비는 저만치 자신의 방문 앞에 우뚝 서 있는 여의사령주 우령을 발견하고 가볍게 움찔했다.

그는 우령과 자신의 방문을 번갈아 쳐다보았다. 그녀가 거기에 서 있다는 것은 자신의 방에 은조가 와 있다는 뜻이기 때문에 마음이 적잖이 껄끄러웠다.

그는 호연과의 정사가 끝나면 언제나 벌거벗은 몸을 하고 자신의 방으로 돌아갔었고 오늘 밤도 예외는 아니다.

그렇지만 자신의 방문 앞에 우령이 서 있는 경우는 오늘이 처음이다.

쾌도비는 움찔 놀랐으나 그렇다고 알몸을 가리기 위해서 옷을 입기는커녕 어떤 동작도 취하지 않았다.

그런 유치한 행동이 자신을 더욱 초라하게 보이게 할 것 같 았기 때문이다.

우령은 그의 나신을 보고 처음에는 흠칫 놀랐으나 곧 씁쓸 하면서도 차가운 시선으로 쏘아보았다.

쾌도비는 은조하고 이어져야 하는데 그가 한낱 여의루의 하급고수와 동침을 하고 있기 때문이다.

사실 우령은 쾌도비가 세 번째 호연과 정사를 할 때 그 사 실을 알게 되었다.

이곳이 비록 넓은 장원이라고는 하지만, 쾌도비와 호연이 격렬한 정사를 하면서 토해내는 신음 소리가 워낙 커서 호연 의 방 근처에 오면 곧 감지할 수 있을 정도였다.

그러나 은조는 밤에 쾌도비 방에 올 일이 없으며 그녀의 거처는 다른 전각이라서 그와 호연의 관계를 전혀 모르고 있었다.

우령은 그 사실을 은조에게 보고하지 않았다. 쾌도비를 위해서가 아니라 그 사실을 알게 되면 은조가 충격과 고통을 받을 것이기 때문이다.

그러나 은조는 오늘 밤에 쾌도비와 의논할 일이 있어서 찾아왔다가 호연의 방에서 새어 나오는 격렬한 정사의 온갖 소리를 들을 수밖에 없었다.

쾌도비는 워낙 흥분한 상태에서 정사에 심취해 있느라 은조와 우령이 자신의 방에 들어갔다는 사실을 까맣게 모르고 있었다.

우령의 싸늘한 표정과 약간은 경멸하는 듯한 눈빛을 접한 쾌도비는 문득 반발심이 생겼다.

그래서 그는 우령을 향해, 아니, 자신의 방으로 성큼성큼 거침없이 걸어갔다.

그의 건장하고 단단한 몸은 정사로 인한 땀으로 번들거렸으며, 아직 식지 않은 크고 단단한 음경이 덜렁덜렁 흔들거렸고, 거기에는 호연의 허연 분비물이 묻어 있었으나 전혀 개의치 않았다.

과연 누가 이기는지 두고 보자는 식으로 쾌도비는 당당하게 걸어갔다. 그것은 순전히 객기다. 방귀 낀 놈이 성질을 낸다는 식이다.

우령은 그의 의도를 즉시 알아차렸으며, 그래서 그녀도 눈을 깜빡이지 않고 그를 쏘아보았다.

그녀는 그의 얼굴만을 주시하려고 애를 썼으나 자꾸만 시선이 아래로 향하는 것을 어쩌지 못했다.

그리고 마침내 그가 한 걸음 앞에 이르렀을 때 그녀는 고개를 돌려 외면하고 말았다.

슥—

'헉!'

그 순간 쾌도비의 손이 뻗어나가 우령의 하체 은밀한 부위를 덥석 움켜잡자 그녀는 소스라치게 놀라서 눈을 동그랗게 뜨며 하마터면 비명을 지를 뻔했다.

그녀는 놀라고도 분노한 얼굴로 쾌도비를 쳐다보았고, 그는 마치 지독한 바람둥이 같은 표정을 지으며 얼굴을 내밀어 그녀의 귀에 입을 대고 전음으로 속삭였다.

[우령, 그대도 나와 하고 싶지 않소?]

그러면서 움켜잡은 그녀의 옥문을 주물럭거렸다. 반발심은 묘하게 비틀리고 있었다.

우령은 분노와 수치심으로 어깨를 들먹였으나 방 안에 은조가 있으므로 발작을 하지 못하고 자신의 옥문을 주무르고 있는 쾌도비의 팔을 잡고 떼어내려고 했다.

그러나 그의 완강한 힘을 당해내지 못하고 그저 안타까운 표정만 지을 뿐이다.

[나를 그렇게 경멸스러운 눈으로 보지 마시오.]

[더러운 색마……]

쾌도비가 다시 전음으로 속삭이자 우령은 이를 갈 듯이 전음으로 대꾸하면서 그의 손을 떼어내려고 둔부를 뒤로 빼면서 몸을 비틀었다.

'더러운 색마'라는 말에 쾌도비는 피가 확 거꾸로 쏟아지는 느낌이 들었다.

인간은 누구에게나 양면성이라는 것이 있게 마련이다. 선과 악, 아름다움과 추함, 존귀함과 비루함, 자비심과 잔인함, 공정심과 사악함 따위다.

그것들은 인간 모두에게 내재되어 있으나 악과 추함, 비루함, 잔인함, 사악함 등을 억제하면 훌륭한 인간이, 반대로 그것들을 억누르지 못하고 날뛰게 한다면 천하에서 지탄받는 인간말종이 되는 것이다.

방금 우령의 '더러운 색마'라는 한마디는 그렇지 않아도 자신의 치부를 들켜서 부끄러워하고 있는 쾌도비의 억제되어 있던 잔인함의 갈기를 건드려서 성나게 만들었다.

[내가 더러운 색마라고? 그렇다면 진짜 더러운 색마가 어떤

건지 알게 해줄까?]

쾌도비는 와락 인상을 쓰면서 그녀에게 바짝 다가들어 왼손으로 허리를 끌어안아 그녀를 옴짝달싹 못하게 만들고, 오른손을 재빨리 괴춤과 속곳으로 집어넣어 위에서 아래로 마치 고리를 걸듯이 손가락을 그녀의 옥문 안으로 깊숙이 찔러넣었다.

'허억!'

쾌도비는 얼굴이 잔인함으로, 눈빛이 사악함으로 물들어 입술로 그녀의 귀를 잘근잘근 씹었다.

[그래, 더러운 색마의 맛이 어떠냐?]

그의 완강한 왼팔에 허리를, 그리고 오른손 손가락에 옥문을 잡힌 우령은 꼼짝도 하지 못하고 몸을 바르르 떨면서 신음조차 토하지 못했다.

슥—

쾌도비는 그녀의 바지 속에서 오른손을 빼고는 손가락에 묻은 피와 액체를 그녀의 젖가슴을 움켜잡고 만지면서 옷에 닦았다.

척!

그리고는 그대로 문을 열고 자신의 방으로 들어갔다.

"앗!"

방 탁자 앞에 다소곳이 앉아서 기다리고 있던 은조는 벌거벗은 모습에 발기한 음경을 덜렁거리면서 들어서는 그를 발견하고 소스라치게 놀라 탁자 앞에 앉아 있다가 발딱 일어서며 비명을 질렀다.

쾌도비는 문 안쪽에 다리를 약간 벌린 채 우뚝 서서 자신의 몸을, 아니, 음경을 과시하듯 은조를 쳐다보았다.

"아……."

은조는 너무도 놀라고 황망한 나머지 외면을 해야 한다는 것마저도 잊고 안색이 새하얗게 질린 채 쾌도비를 바라볼 뿐이다.

쾌도비의 하체에서 끄떡거리는 음경에 시선이 잠깐 멈춘 그녀는 급히 고개를 돌렸다.

"어서 옷을 입어요."

그러나 쾌도비는 당당했다. 이 순간의 그는 뭐가 당당함인지도 모른 채 뒤틀린 수치심이 허풍으로 변질된 것을 당당함으로 착각하여 거침없이 행동했다.

창!

그때 쾌도비의 등 뒤에서 우령이 발작적으로 어깨의 검을 뽑았다.

그 소리에 은조는 흠칫 놀라서 쳐다봤으나 쾌도비는 꿈쩍도 하지 않았다.

벨 테면 베라는 식이다. 이런 비뚤어진 만용은 어디에 기인

하는 것인지 모를 일이다.

우령은 독하게 입술을 잘근잘근 깨물면서 쾌도비의 뒤통수를 노려보았다.

그가 자신의 옥문에 손가락을 쑤셔 넣을 때 그녀는 너무 놀라고 당황해서, 그리고 은조에게 들킬까 봐 소리조차 지르지 못했었다.

그러다가 그가 은조 앞에서까지 벌거벗은 몸으로 추태를 보이자 마침내 분노가 폭발하고 만 것이다.

"우령! 당장 검을 거둬라!"

은조가 놀라서 날카롭게 외치며 꾸짖었다.

우령은 살기 어린 눈빛으로 쾌도비의 뒤통수를 쏘아보면서 갈등하다가 이윽고 천천히 검을 검실에 꽂았다.

은조는 일어나서 쾌도비에게 다가오는 것 같더니 그의 옆을 스쳐 밖으로 나갔다.

그녀가 스쳐 지나면서 일으킨 찬바람에 쾌도비는 뭔가 커다란 허탈함과 상실감을 맛보았다. 그러면서 일이 크게 잘못되고 있음을 느꼈다.

그의 머릿속에서 조금 전 호연의 방에서 나왔을 때부터의 일이 빠르게 되살아났다.

복도 자신의 방 앞에 우뚝 서 있는 우령을 발견하고 당황했었고, 그 당황함이 만용과 잔인함으로 발전됐으며, 끝내 넘지 말아야 할 선을 넘었다는 사실을 깨달았다.

그리고 그는 지금 은조를 잡지 못하면, 그래서 용서를 빌지 못하면 실기(失機)하여 다시는 돌이키지 못할 것이라는 생각이 번쩍 들었다.

그는 재빨리 몸을 돌려 이미 방문 밖으로 나가고 있는 은조의 팔을 덥석 잡았다.

복도로 한 걸음 나온 은조는 호연의 방 쪽을 쳐다보다가 안색이 하얗게 질렸다.

옆방에서 호연이 역시 나신으로 문 밖에 나와 놀라는 표정으로 이쪽을 바라보고 있는 모습을 발견했기 때문이다.

조금 전에 쾌도비와 정사를 끝냈던 호연은 옷을 입지 않고 있다가 느닷없이 복도에서 검을 뽑는 소리와 은조의 호통이 들리자 놀라서 뛰어나온 것이다.

은조가 호연의 나신을 발견하고는 움찔 놀라고 있을 때 쾌도비가 그녀의 팔을 잡았다.

"은 소저."

쾌도비가 조용히 불렀으나 은조는 호연을 주시하면서 복잡한 순간적인 생각에 빠져 있느라 듣지 못했다.

쾌도비는 그녀가 무언가를 보면서 처음에는 몹시 놀라는 것 같더니 곧 착잡한 표정을 짓는 것을 보고는, 그녀의 팔을 잡은 상태에서 문 밖으로 나와 그녀가 바라보고 있는 방향을 보다가 호연을 발견하고 움찔했다.

"소루주……."

호연은 황망한 표정을 짓고는 서둘러 공손히 포권을 하며 허리를 굽혔다.

그녀는 은조가 쾌도비를 좋아하고 있다는 사실을 전혀 모르고 있다.

다만 자신이 쾌도비하고 은밀하게 정사를 한 것이 들통 나는 바람에 부끄러워하고 있을 뿐이지 죄책감 같은 것은 느끼지 못했다.

예를 취하고 허리를 편 호연은 은조 뒤에 우뚝 서 있는 쾌도비를 발견하고 깜짝 놀라는 표정을 지었으나 곧 배시시 미소를 지었다.

그러면서 몸을 기묘하게 꼬며 여자가 자신의 남자 앞에서만 취할 수 있는 교태 어린 자세를 취했다.

"잠깐 얘기 좀 합시다."

확!

그러나 쾌도비는 호연을 본 체도 하지 않고 방 안으로 들어가면서 은조의 팔을 힘주어 잡아끌었다.

두 사람이 들어가자 우령은 호연을 죽일 듯이 사납게 쏘아보며 한손으로 쾌도비의 방문을 닫았다.

호연은 당황했다. 은조의 출현과 사랑하는 쾌도비의 냉담

한 반응, 그리고 그가 은조의 팔을 잡고 방 안으로 들어간 직
후에 우령이 살기 어린 표정으로 쏘아보고 있는 모든 것이 혼
란스러웠다.

第七十章

조기자복야(鳥起者伏也)

새가 놀라서 높이 날 때에는 그 밑에 복병이 있다

쾌도비는 은조의 팔을 잡은 채 이끌고 와서 침상 가장자리
에 앉히고 자신은 그 옆에 조금 떨어져서 앉았다.

"은 소저."

그가 불렀으나 은조는 여전히 벌거벗고 있는 그를 쳐다보
지 않고 외면하고 있었다.

"우선 옷부터 입으세요."

그녀는 침착하려고 애쓰면서 조용히 말했다.

쾌도비는 움찔하며 자신의 알몸을 내려다보았다. 분위기
가 바뀌니까 자신이 어째서 벌거벗은 채 은조가 있는 방에 들

어왔던 것인지 이해가 되지 않았다.

또한 조금 전까지만 해도 기세 좋게 단단했던 음경은 기가 죽어서 잔뜩 움츠러들었다. 그는 머쓱한 기분으로 서둘러서 옷을 입었다.

그런 그에게서는 조금 전의 당당한 모습 같은 것은 찾아볼 수가 없었다.

게다가 옷을 입고 나자 그는 평소의 그로 돌아왔다. 벌거벗었다는 것은 은밀해야 하는 정사를 들켰다는 당황과 수치심이 객기로 이어졌다는 것이고, 옷을 입은 것은 그것을 감췄기에 평상심을 되찾았다는 의미다.

"은 소저, 내가 뭔가를 잘못한 것이오?"

은조는 천천히 그를 향해 돌아앉았다. 그 짧은 행동을 하는 동안 그녀는 몇 가지 생각을 했다. 아니, 생각을 하려고 한 것이 아니라 쾌도비의 말을 듣고 반사적으로 어떤 생각들이 떠올랐다.

즉, 그가 무엇을 잘못했는가, 라는 것이다. 과연 그는 무슨 잘못을 저질렀기에 그녀는 그토록 화가 나고 불쾌해서 그를 만나 의논하려고 했던 본론마저 무시한 채 돌아가려고 했던 것인가.

그 이유는 그가 호연과 정사를 했으며 또 나신으로 버젓이 방에 들어왔기 때문이었다.

그렇지만 은조가 조금만 더 냉정했더라면 그것이 결코 화낼 일이 아니었음을 알았을 것이다. 대부분의 여자는 그런 상황에서 불같이 화를 내겠지만 그녀는 냉철한 이성을 지니고 있기에 그러지 말았어야만 했다.

쾌도비는 그녀의 남편이 아닐뿐더러 그렇다고 사랑하는 정인도 아니다.

그녀가 그를 좋아하고는 있지만 그는 그런 사실조차도 모르고 있다. 그저 그녀의 일방적인 짝사랑일 뿐이다.

그렇기 때문에 그가 누구하고 정사를 하든 그것은 그의 잘못이 아니다. 쾌도비의 관점에서 볼 때는 그렇다.

그러므로 그가 호연과 정사를 했다는 사실을 알게 되어 기분이 나빠진 것은 순전히 은조 자신의 몫이다.

또한 그가 호연과 정사를 끝낸 후에 벌거벗은 몸으로 자신의 방으로 온 행동 역시 순전히 그의 자연스러운 행동이고 사적인 일이다.

그렇기 때문에 한밤중에 사전의 예고도 없이 불쑥 찾아온 은조가 그의 나신을 봤다고 해서 그가 미안해한다거나 잘못을 한 것은 아니다.

만약 그가 은조를 사랑하고 있다면 얘기는 달라지겠지만, 이 일을 계기로 그가 그녀를 여자로서 여기고 있지 않다는 사실만 확인하게 된 셈이다.

생각이 깊고 이해심이 많은 은조는 잘못한 사람은 쾌도비가 아니라 자신이라는 사실을 깨닫고 잠시 자가당착에 빠져 자기 연민을 떨쳐 버리지 못했다.

더구나 자신의 잘못이 무엇이냐고 묻고 있는 쾌도비의 얼굴 표정은 복잡하면서도 진지했다.

즉, 자신이 뭘 잘못했는지 모르기 때문에 가르쳐 달라는 순수한 표정이다.

"밤중에 불쑥 찾아와서 미안해요."

"은 소저, 내 말은 그게 아니라……."

"그리고 조금 전에 화를 낸 것도 소녀가 잘못했어요. 부디 용서하세요."

그녀는 정중히 고개를 숙이며 사과하고 나서 자신이 찾아온 용건을 꺼냈다.

"오늘 소녀가 밤늦게 찾아온 이유는……."

"은 소저."

쾌도비가 진지한 표정으로 그녀의 말을 끊었다.

"말씀하세요."

그는 잠시 그녀를 똑바로 주시하다가 마른침을 삼키고 나서 진중하게 말했다.

"까놓고 말하겠소."

은조는 의아한 표정을 지었다.

"무엇을… 깐다는 건가요?"

너무 진지하다 보니까 쾌도비의 옛날 하급 건달 시절의 말버릇이 여과 없이 튀어나왔다.

"솔직하게 말하겠다는 것이오."

"아…….."

쾌도비는 오늘 밤에 분위기가 이렇게 된 김에 아예 자신의 솔직한 심정과 현재의 상황에 대해서 속 시원하게 말해야겠다는 생각을 즉흥적으로 했다.

사실 그는 주소옥을 잊기 위해서 누군가 다른 여자가 필요한 상황이다.

하지만 다른 여자가 호연은 아니다. 그녀는 성욕의 대상일 뿐이지 애정의 대상은 아니다.

주소옥을 잊기 위해서라고는 하지만 아무 여자하고 사랑을 하고 싶지는 않았다. 그가 평소에 마음속으로 정해놓은 여자는 바로 은조였다.

"나는 은 소저를 사랑하고 싶소."

"……."

그의 뜬금없는 말에 은조는 눈을 동그랗게 뜨고 얼굴 가득 놀라움을 떠올렸다.

그녀는 그의 말을 듣긴 들었으나 순간적으로 무슨 뜻인지 이해하지 못했다.

"지금은 소옥을 잊기 위해서 은 소저가 필요하지만, 그대
가 날 도와주면, 그래서 소옥을 잊게 되면 죽을 때까지 그대
한 사람만을 사랑하면서 살고 싶소."

그의 솔직한 말에 은조는 너무 놀라고 충격적이라서 아무
말도 못하고 눈을 크게 뜬 채 그를 바라보기만 했다.

그는 자신의 돌발적인 선언에 대한 은조의 반응이 어떤지
긴장한 얼굴로 살펴보았다.

그 결과 은조가 아무 말도 하지 않고 놀란 표정만 짓고 있
는 것을 보고 예상했던 대로 자신의 시도가 틀어졌다는 생각
이 들어 씁쓸한 미소를 지으며 손을 저었다.

"방금 한 말은 잊으시오."

"네?"

"은 소저는 나 같은 놈하고 부류가 다르다는 사실을 잠시
잊고 있었소."

은조는 복잡한 표정을 지었다.

"무슨 말씀을……."

"나처럼 근본도 없는 놈이 어찌 은 소저처럼 고귀한 여자
를 사랑하겠다고……."

겨우 용기를 내서 말을 꺼냈던 쾌도비는 더 이상 말을 하면
자신이 비참해질 것 같았다.

다른 모든 일에는 자신만만하고 용기백배하지만 신분의

격차에서 오는 괴리감이나 여자에게 사랑을 구걸하는 것 같은 이런 일에는 정말 자신이 없다.

"이제 그만 가보시오."

"쾌 소협."

쾌도비가 고개를 저으면서 일어서려고 하자 은조는 살며시 그의 옷자락을 붙잡았다.

"소녀가 쾌 소협 애기를 들어주었으니까 이제는 쾌 소협이 소녀의 애기를 들어줄 차례에요."

쾌도비가 의아한 표정을 지으며 앉자 은조는 그를 향해 몸을 조금 더 돌아앉은 후에 차분하게 입을 열었다.

"소녀는 쾌 소협을 사랑하고 있어요."

"……."

이번에는 쾌도비가 눈을 휘둥그렇게 뜨고 아무 말도 하지 못한 채 그녀를 바라보기만 했다. 아닌 밤중에 홍두깨란 이런 상황을 두고 하는 말이다.

은조는 심중의 말을 해놓고는 양 뺨이 노을처럼 붉어져서 눈을 내리깔았다.

자신이 누군가를 짝사랑하고 또한 그 사랑을 고백하게 되는 순간이 오게 될 줄은 꿈에서조차 상상해 본 적이 없었던 그녀다.

그러므로 지금 그녀가 하고 있는 고백이 얼마나 큰 용기를 필요로 하고 있는지 짐작할 수 있을 터이다.

"더 말씀드려야 하나요?"

초조한 표정의 그녀의 속눈썹이 무척이나 길고 우아하다는 사실을 쾌도비는 방금 처음으로 알게 되었다.

그러나 그가 아무 말도 하지 않자 은조는 불안한 표정으로 다시 그를 바라보았다.

"소녀의 말을 이해하지 못하나요? 소녀는 당신을 사랑하고 있다고 말했어요."

그녀는 백 마디 구구한 말보다는 자신의 심정을 그 한마디로 함축시켰다.

"똑똑하게 들었소."

쾌도비는 심장이 미친 듯이 쿵쾅거리고 머리가 뜨거워지는 것을 느꼈다.

날카로운 비수에 심장을 찔린 것 같았다. 인간의 손길이 미치지 않는 천상의 선녀 같은 은조에게 사랑한다는 고백을 들었기 때문이다.

"은 소저."

은조는 고백의 여운이 아직 가시지 않아서 부끄러움 때문에 그를 바라보지 못했다.

"네."

"은 소저."

"말씀하세요."

"은 소저……."

은조는 그가 자신을 부르기만 하고 뒷말을 하지 않자 뭔가 이상한 느낌이 들어서 고개를 들고 그를 바라보다가 깜짝 놀랐다. 쾌도비가 지금 같은 표정을 짓는 것을 처음 보았기 때문이다.

그는 곧 울 것 같은 표정을 짓고 있었다. 그것은 매우 진지하면서도 감격한 표정이어서 은조는 자신의 말이 그를 이렇게 만들었다는 사실을 깨달았다.

덥석!

쾌도비는 은조의 작은 손을 잡으면서 더없이 진지한 얼굴로 중얼거렸다.

"고맙소."

은조는 가슴 저 밑바닥에서 뜨거운 것이 울컥 하고 솟구치는 것을 느꼈다.

"이제부터는 은 소저 한 사람만 사랑하도록 노력하겠소."

이어진 그의 말에 은조의 가슴 밑바닥에서 솟구친 뜨거운 기운이 온몸으로 파도처럼 퍼져나갔다.

은조의 커다랗고 흑백이 또렷한 두 눈에 눈물이 그렁그렁 고였다.

"소녀는 죽을 때까지 당신만 사랑하겠어요."

"고맙소, 은 소저."

쾌도비가 잡은 손을 잡아당기자 그녀는 쓰러지듯이 그의 품에 안겼다.

"이제부터는 호칭을 바꾸세요."

그녀는 쾌도비의 가슴에 입을 대고 속삭였다.

"알겠소, 은 매."

쾌도비는 그녀를 조금 더 힘주어 안았다.

방문 밖에 서 있는 우령의 눈에도 눈물이 고였다. 드디어 은조가 사랑을 이루었기 때문이다.

그러므로 이제부터는 모든 일이 잘 풀릴 터이다. 당금 강호에서 최고의 영웅으로 불리는 무정도가 여의루 소루주의 정인이 되었고 장차 남편이 된다면, 어느 누구도 여의루를 함부로 대하지 못할 것이다.

'아……'

그런데 우령은 문득 옥문이 바늘로 찌르듯 아프고 쓰라린 것을 느끼며 부지중에 손으로 지그시 누르며 아래를 굽어보다가 화들짝 놀랐다.

하체, 즉 사타구니가 온통 피투성이다. 거기에서 시작된 피가 바지를 적시고 발목을 타고 바닥에 뚝뚝 떨어져 얼마간 고여 있는 것이 보였다.

그걸 보면서 우령은 놀라고도 속이 상했다. 그녀도 여자로서 멋있고 훌륭한 사내를 만나서 사랑을 하겠다는 부푼 꿈을 품고 있었다.

그런데 졸지에 추호도 예상하지 못했던 날에 그것도 손가락에 의해서 순결을 잃어버린 것이다.

'나쁜 놈…….'

조금 전의 그 생각을 하니까 저절로 이가 갈렸다. 웬만한 사내 같으면 순결을 앗아간 것을 빌미로 죽여 버리거나 자신의 사내로 만들겠지만, 상대는 방금 전에 소루주 은조의 정인이 되었다.

'손가락이라니…….'

우령은 입술을 힘껏 깨물었다. 어떤 여자보다도 얼굴이 유난히 희고 갸름한 그녀의 빨간 입술이 터지며 그보다 더 새빨간 피가 턱을 타고 흘러내렸다.

분위기가 어느 정도 가라앉아서야 은조는 자신이 밤늦게 쾌도비를 찾아온 본론을 생각해 냈다.

"요 낭자에게서 연락이 왔어요."

"연락이라니?"

팔신궁에 잠입해 있는 요령에게서 연락이 왔다는 말에 쾌도비는 자못 긴장했다.

“흑신이 서찰을 갖고 왔어요.”

은조는 품속에서 고이 접은 서찰을 꺼내 쾌도비에게 공손히 건넸다.

서찰에는 팔신궁에서 오늘 아침부터 한 시진 혹은 두 시진 간격으로 다섯 대의 마차가 차례로 출발한 시각과 방향, 마차의 모습, 누가 마차를 호송하고 있는지 등이 자세히 적혀 있었다.

—도비, 염탐해 본 결과 그 마차들에는 팔신궁을 돕기로 한 마도의 방파로 가는 돈이 실렸어. 털든지 놔두든지 도비 마음대로 해.

서찰 말미에는 요령의 의견이 적혀 있었다.

“어떻게 하실 건가요?”

쾌도비가 서찰을 다 읽기를 기다렸다가 은조가 그를 바라보며 조심스럽게 물었다.

“마도방파들이 약속한 돈을 받지 못할 경우에는 팔신궁을 돕지 않을 것이오.”

“반드시 그렇지만은 않을지도 몰라요.”

은조의 생각도 자신과 같을 것이라고 짐작했던 쾌도비는 의아한 표정을 지었다.

“어째서 그렇게 생각하오?”

“사파나 녹림하고는 달리 마도는 돈만을 목적으로 움직이
지는 않는 것으로 알고 있어요.”

“그렇소?”

두 사람은 침상 가장자리에 나란히 걸터앉아 있다.

“그렇다고 해도 최소한 절반의 성공은 거둘 수 있을 거라
고 생각해요.”

“절반의 성공은 뭐요?”

쾌도비는 은조의 깊고 심오한 상념의 세계를 짐작조차 하
지 못한다.

“마도방파 다섯 군데에 보내는 돈을 실은 마차를 중간에서
가로채면 다섯 중에 적어도 둘이나 셋은 팔신궁과 손을 끊겠
지요.”

“그렇다면 시도해 볼 만하지 않소?”

“당연하지요.”

쾌도비는 난감한 표정을 지었다.

“그런데 마차가 다섯 대나 되는데 어느 것을 공격해야 할
지 모르겠군.”

은조는 서찰을 자세히 살피고 나서 맑은 눈빛으로 그를 바
라보았다.

“이들 다섯 대의 마차가 가고 있는 방향으로 미루어 마도
방파 어느 곳으로 가는 것인지 짐작할 수 있겠어요.”

쾌도비로서는 전혀 뜻밖의 말이다.

"가장 가까운 곳이 북경에서 닷새 거리이고, 다른 마차들은 최소 사나흘에서 최대 열흘의 간격을 두고 있군요. 그러니까 가장 가까운 곳을 향하는 마차부터 차례로 공격하면 될 것 같아요."

설명을 끝낸 은조는 쾌도비가 자신을 빤히 주시하는 것을 발견하고 놀라는 표정을 지었다.

"왜… 그러세요?"

"만약 은 매가 적이었으면 큰일 날 뻔했다는 생각을 하고 있었소."

"설마 그럴 리가 있겠어요?"

"이렇게 작은 머리로 어떻게 그런 생각들을 할 수 있는지 신기하오."

"어머?"

쾌도비가 손가락으로 머리를 찌르듯이 가리키자 은조는 깜짝 놀라는 표정을 짓는데 그 모습이 깨물어주고 싶도록 아름답고 귀여워서 그는 자신도 모르게 손을 뻗어 궁둥이를 두드려 주었다.

툭툭툭…….

"정말 대단하오, 은 매."

은조는 상체를 꼿꼿하게 편 채 얼굴이 빨개져서 어쩔 줄 몰랐다.

＊　　　＊　　　＊

　다섯 대의 마차 중에서 은조가 첫 번째 공격 대상으로 지목
한 마차의 행선지는 북경에서 서남쪽으로 이백오십여 리 거
리에 있는 백석산(白石山)이다.

　백석산에는 마도의 중심이며 최고봉이라고 일컫는 마도십
이련(魔道十八聯)에 속한 마도방파 유마곡(幽魔谷)이 자리를
잡고 있다.

　천하제일의 정보통인 개방의 통계에 잡힌 마도의 방파와
문파 수는 총 구백여 개이며, 마도십이련에 속한 것들과 그렇
지 않은 것들로 크게 구분할 수 있다.

　마도십이련은 마도에서 가장 규모가 큰 열두 개의 방파와
문파가 모여서 이룬 연합체다.

　원래는 마도를 일통시켜서 그 힘으로 강호 전체를 제패하
려는 의도였으나 마도를 절반만 장악하는 데 그쳐서 천하대
계를 이루지 못했다.

　그렇다고는 해도 마도십이련의 세력과 힘은 정파의 구파
일방을 합친 정도로써 마도 최강이다.

　그들 덕분에 정파가 함부로 마도를 평정하려 들지 못하고,

사파가 꼬리를 감춘 채 눈치를 살피고 있는 것이다.

쾌도비와 은조는 여의사령을 비롯한 열 명의 여의루 최정예 고수, 즉 여의고수를 이끌고 유마곡으로 향하고 있는 마차를 전력으로 추격하여 북경을 출발한 지 하루 반나절 만에 따라잡았다.

하북성에서 가장 큰 세 개의 강 중 하나인 대청하(大淸河)는 만리장성 쪽에서 흘러내리는 사십여 개의 크고 작은 강이 모여서 이루어졌다.

쾌도비와 은조 등은 그 강 중에 하나인 이수(易水) 중류 강가의 우거진 갈대숲 속 평평한 공터에 모여서 간단한 요기를 하고 있는 중이다.

쾌도비와 은조는 간이 의자에 마주 보고 앉아서 간이 탁자에 차린 구운 오리와 만두 따위를 먹고 있으며, 여의사령 중 세 명과 여의고수들은 따로 떨어진 곳에서 조용히 식사를 하고 있다.

이틀 전 한밤중에 사랑을 고백하고 또 그것을 기꺼이 받아들였던 쾌도비와 은조는 식사를 하는 중에 별달리 말은 하지 않지만 서로 주고받는 눈빛이 예사롭지 않았다.

다소곳한 자세로 식사를 하고 있는 은조는 수줍어하면서도 더없이 행복한 미소가 입가에서 떠나지 않았다.

그리고 쾌도비는 그런 그녀를 마치 감상을 하듯 그윽하게
바라보고 있었다.

은조는 사랑을 고백한 그 순간부터 세상이 완전히 다르게
보였다. 그 전까지는 모든 것이 그저 평이하고 무미건조했었
는데, 그 이후부터는 세상이 온통 눈부시고 찬란하며 눈에 보
이는 모든 것이 자신의 행복을 위해서 존재하는 것처럼 여겨
졌다.

사삭…….

그때 갈댓잎 흔들리는 소리에 모두 식사를 멈추고 공격할
태세를 갖추며 소리가 들려온 방향을 쳐다보았다.

"저희입니다."

조그만 목소리에 이어서 잠시 후 갈댓잎을 헤치면서 여의
삼령인 아담한 체구의 아령과 여의고수 한 명이 재빠른 동작
으로 공터에 나타나 은조에게 공손히 예를 취했다.

"다녀왔습니다, 소루주."

"상황을 보고해라."

은조는 쥐고 있던 만두를 내려놓았다.

"마차는 이수 강을 따라서 이곳에서 오 리쯤 떨어진 관도
를 가고 있습니다."

여의삼령 아령은 척후의 임무를 띠고 여의고수 한 명과 함
께 마차를 염탐하러 다녀왔다.

“마차를 모는 자까지 모두 여덟 명이 호위하고 있으며, 복장으로 미루어 무상표신 두 명과 현무봉신 여섯 명이었습니다. 그 외에 수상한 점은 발견하지 못했습니다.”

“마차 주변은 살펴보았느냐?”

“소루주께서 명령하신 대로 마차 주변 오 리 이내를 살펴보았으나 아무도 발견하지 못했습니다.”

“수고했다.”

은조가 고개를 끄떡이자 아령과 여고수는 예를 취하고 물러나 동료들 곁에 앉아서 식사를 하기 시작했다.

쾌도비는 태양의 위치를 올려다보고 시간을 가늠하고 나서 은조의 의견을 구하듯이 말했다.

“해가 지고 나서 공격하는 것이 어떻겠소?”

그러나 은조는 심각한 표정을 지었다.

“소녀는 좀 더 지켜보고 싶어요.”

쾌도비는 의아한 듯 물었다.

“이상한 점이라도 있소?”

쾌도비 일행은 북경을 출발하여 하루 반나절 만에 마차를 따라잡았고, 두 명의 척후를 보내서 마차를 염탐을 하고 온 것이 전부다.

그런데 은조는 눈으로 직접 마차와 호위고수들을 보지도 않고서 뭔가 께름칙하다는 표정을 짓고 있다.

그렇다면 그녀는 눈으로 보이는 것이 아닌, 팔신궁에서 유마곡으로 마차를 보내는 것 자체를 이상하게 여기고 있는 것이 분명했다.

"음모가 있는 것 같소?"

거기까지 짐작한 쾌도비가 다시 묻자 은조는 잠시 더 생각하다가 신중한 표정을 지었다.

"요 낭자가 보낸 서찰에는 이쪽 방향, 즉 유마곡으로 보낸 마차를 호위하는 자가 무상표신 두 명과 현무붕신 여섯 명이라고 했었지요?"

"그랬소."

팔신궁 고수들은 입고 있는 옷으로 신분을 나타낸다. 척후를 갔었던 아령과 여고수는 마차를 호위하고 있는 고수들의 복장을 보고 그들의 신분을 알아봤을 것이다.

"팔신궁은 예전에 본 루에 마차를 보냈다가 중간에 강탈당했던 경험이 있어요."

그 마차는 쾌도비가 강탈했었다.

"그리고 팔신궁은 쾌 소협이 마차를 강탈했을 것이라고 의심하고 있을 거예요."

은조는 맑은 눈으로 쾌도비를 말끄러미 바라보았다.

"팔신궁은 무정도가 얼마나 고강한지 잘 알고 있어요. 그리고 또다시 마차를 내보내면 무정도가 강탈할지도 모르는 상황인데, 겨우 무상표신 두 명에 현무붕신 여섯 명으로 마차를 호송하게 했다는 점이 마음에 걸려요. 그들로는 무정도를 막을 수 없어요."

은조가 말하고 있는 것은 어떻게 보면 아무것도 아닌 문제일 수도 있다.

만약 쾌도비였다면 필경 그런 것은 염두에 두지도 않고 곧장 마차를 공격했을 것이다.

그렇지만 은조의 말을 듣고 보니 일리가 있는 정도가 아니라 쾌도비 자신이 팔신궁주였다고 해도 이번의 마차에는 철저한 대비를 할 것 같았다.

"어쩌면 이번의 마차 호송은 쾌 소협을 잡으려는 함정일지도 모르겠군요."

"함정?"

"이렇게 하는 게 어떻겠어요?"

은조는 상체를 쾌도비 쪽으로 약간 기울였다.

"마차를 그냥 유마곡으로 보내는 거예요."

"강탈하지 않는다는 말이오?"

"그래요. 지금은 마차를 강탈하는 것보다 팔신궁과 유마곡이 무슨 음모를 꾸미고 있는지 알아내는 것이 더 중요하다고 생각해요."

과거에 쾌도비는 그를 알고 있는 사람들 사이에서는 '천년

여우’ 라고 불릴 정도로 영리함으로 이름을 날렸었는데, 은조가 도대체 무슨 생각을 하고 있는지는 도저히 짐작조차 가지 않았다.

은조는 쾌도비가 고개를 갸웃거리면서 아리송한 표정을 짓는 것이 재미있다는 듯 배시시 미소 지으며 자신의 생각을 자세히 설명해 주었다.

“오오…….”

쾌도비가 이런 감탄을 터뜨리는 것은 난생처음이다. 그 정도로 은조가 말해준 방법은 기발했다.

“은 매, 이리 가까이 오시오.”

쾌도비는 미소를 지으며 손짓으로 가까이 오라는 시늉을 해보였다.

은조는 의아한 표정을 지으면서 일어나 쾌도비 앞으로 다가왔다.

툭툭툭…….

“은 매가 너무 신통해서 가만히 있을 수가 없소. 정말 대단하오, 은 매.”

“어머?”

쾌도비가 자신의 앞에 서 있는 은조의 둔부를 손바닥으로 부드럽게 토닥거리며 칭찬을 하자 그녀는 깜짝 놀라더니 얼굴이 붉어졌다.

여의사령과 열 명의 여의고수는 식사를 하다가 이쪽을 쳐다보며 크게 놀라는 표정을 지었다.

쾌도비가 느닷없이 소루주의 둔부를 두드리며 칭찬을 했기 때문이다. 그녀들이 알고 있는 한 예전에는 이런 일이 결코 없었다.

그러나 은조는 수하들의 눈치를 보지는 않았다. 그녀의 둔부를 두드려 준 사람은 어렸을 때 모친을 제외하고는 쾌도비가 처음이다.

그의 갑작스런 행동이 놀랍고 또 당황스러웠지만 그녀는 부끄러우면서도 설명하기 어려운 행복을 느꼈다.

사실 쾌도비로서는 은조가 무척 상대하기 어려운 존재다. 그녀는 지나칠 정도로 우아하고 품위 있으며 존귀해서 말조차 함부로 할 수가 없다.

그는 이런 식이라면 절대로 그녀를 사랑할 수 없을 것 같다는 생각을 했다.

말도 제대로 하지 못하고 어려운 판국에 무슨 사랑을 할 수 있겠는가.

그래서 그녀의 존귀함을 어느 정도 허물어뜨릴 필요가 있다는 결론을 내렸다.

그 방법 중에 하나가 그녀의 둔부를 두드리는 것인데, 순전히 쾌도비 식의 방법이다.

그렇게 시도해 보면 둘 중 하나의 결과가 나타날 것이다. 은조의 존귀함이 조금쯤 허물어지거나 아니면 더욱 견고해질 것이다.

만약 결과가 후자라면 아니함만 못하지만, 그렇다고 손을 놓고 있을 수는 없다.

자꾸 시도하다 보면 언젠가는 그녀의 고고한 철옹성이 무너질 것이라고 믿었다.

그렇다고 해서 무리하면 안 된다. 과유불급(過猶不及), 지나치면 하지 않은 것만 못하다.

그녀는 호연 같은 여자하고는 하늘과 땅 차이고, 주소옥하고도 판이하게 다르다.

주소옥은 오만하고 도도하며 자존심이 무척 강해서 감히 범접할 수 없다는 점에서는 은조와 비슷하다.

주소옥은 자존심이 강한 만큼 부러뜨리기가 하늘의 별을 따는 것처럼 어렵지만, 일단 부러지고 나면 비할 데 없이 온순하고 나긋나긋한 여자로 변신한다.

반면에 쾌도비가 겪어본 은조는 무조건 고귀하고 존귀하며 고고한 품위를 지니고 있어서 주소옥을 다루는 것처럼 해서는 절대 함락시킬 수가 없을 것 같았다.

쾌도비도, 여의사령과 여의고수들도 과연 은조가 어떤 반응을 보일지 나름 긴장하여 귀추를 지켜보았다.

"언제 출발할 건가요?"

그런데 은조는 쾌도비를 바라보며 수줍은 듯 물었다.

쾌도비는 보일 듯 말 듯 미소를 지었고, 여의사령과 여의고수들은 뜻밖이라는 표정을 지었다.

그때 쾌도비는 무심코 여의사령 쪽을 쳐다보다가 우령하고 시선이 마주쳤다.

그러자 우령은 아주 작게 고개를 가로저으면서 그런 무모한 짓은 하지 말라는 시늉을 해 보였다.

[그러지 말아요.]

쾌도비는 이틀 전 밤에 우령에게 객기를 부렸던 일을 미안하게 생각하고 있지만 그건 그거고 이건 다른 문제다.

그는 자신의 앞에 서서 얼굴을 붉히며 부끄러워하고 있는 은조를 보면서 문득 조금 더 과욕을 부려보기로 마음먹었다.

슥—

그는 갑자기 손을 아래로 늘어뜨려서 그녀의 바지 자락을 슬쩍 자신 쪽으로 잡아당겼다.

"아……."

턱!

그녀는 중심을 잃고 기우뚱하더니 그대로 쾌도비의 무릎에 주저앉고 말았다.

쾌도비는 자신의 무릎에 앉은 은조의 허리를 자연스럽게

팔로 감았다.

은조는 크게 놀라고 당황해서 어쩔 줄 몰랐다. 그러다가 수하가 모두 자신을 주시하고 있는 것을 발견하고 움찔 몸이 굳었다.

수하들의 눈에는 은조가 제 스스로 쾌도비 무릎에 앉은 것처럼 보였다.

있을 수 없는 일이 벌어졌으나 눈으로 똑똑히 보고 있는 광경을 믿지 않을 수가 없다.

잠시 어색한 침묵이 흘렀다. 약간 긴장했던 쾌도비는 그녀의 허리에 얹었던 손을 스르르 내려뜨려서 둔부를 어루만지며 빙그레 미소 지었다.

"언제 출발할 건지를 물었소? 지금은 매우 바쁘니까 좀 한가해지면 갑시다."

그의 말인즉, 지금은 무릎에 앉은 은조하고 노닥거리느라 바쁘니까 이것이 끝나면 가자는 뜻이다.

그는 은조의 몸이 딱딱하게 굳어지는 것을 느꼈으나 모른 체하면서 계속 둔부를 슬슬 문질렀다.

여의사령과 여의고수들은 두 사람의 행동을 못 본 체하려고 애쓰는데 웃음을 참는지 얼굴이 빨개졌다.

그러나 그중에서도 유독 우령만은 차갑게 쾌도비를 쏘아보고 있었다.

그녀들은 앞쪽에 앉아 있어서 쾌도비가 은조의 둔부를 쓰다듬는 것을 보지 못했으나 쾌도비가 지엄하신 소루주를 무릎에 앉혔다는 자체만으로도 졸도할 일이다.

은조는 온몸이 나무토막처럼 뻣뻣해졌다. 쾌도비와 단둘이라면 괜찮겠지만 수하들이 보는 데서 자신이 그의 무릎에 앉았다는 사실이 충격적이었다.

그러나 그녀는 곧 생각을 달리했다. 이렇게 거침없으며 남의 시선을 의식하지 않는 것이 쾌도비가 친근함을 표현하는 방식일 것이라고 이해했다.

은조로서는 그의 그런 점까지도 받아들여야만 한다. 그러지 못하면 그의 사랑을 얻지 못할 것이라고 생각했다. 그를 사랑한다는 것은 그의 모든 것을, 심지어 나쁜 행위까지도 사랑한다는 뜻이다.

도저히 견딜 수 없는 행동이라면 모르지만 그는 아직까지 그런 행동은 하지 않았다.

은조는 수하들이 긴장된 표정으로 자신을 주시하고 있다는 것을 알고 있다.

수하들은 필경 은조가 단호하게 대처할 것이라고 기대할 터이다. 그녀는 지금까지 그래왔기 때문이다.

슥―

이윽고 은조는 섬섬옥수를 쾌도비의 어깨에 살며시 얹으

면서 방그레 엷은 미소를 지었다.

"쾌 소협 편할 때 출발하도록 해요."

여의사령을 비롯한 수하들의 얼굴에 불신의 표정이 가득 떠올랐다.

지금 그녀들이 보고 있는 광경은 절대 지엄한 소루주가 아니기 때문이다.

은조는 수하들이 어떤 표정을 짓고 있을지 보지 않아도 훤하게 알 수 있을 것 같았다.

쾌도비는 묘한 기분에 사로잡혔다. 무릎에 앉아 있는 은조의 몸이 여전히 단단하게 굳어 있기 때문이다.

그렇다면 그녀는 쾌도비의 거침없는 행동을 이해하지는 못하지만 지금 이 자리에서 그것을 문제 삼고 싶지는 않다는 뜻일 게다.

第七十一章

탄주지어불유지류（呑舟之魚不遊枝流）

―큰 물고기는 지류에서 놀지 않는다

  쾌도비는 은조의 계획대로 실행하기로 하고 마차를 내버려 두고 철황을 불렀다.

  철황을 타고 하늘 높이 날아올라서 마차 주변을 멀리까지 살펴보려는 것이다.

  은조의 계획은 이렇다. 팔신궁이 마차를 이용하여 함정을 파놓은 것이 분명하니까, 일단 그것을 확인한 후에 마차가 순조롭게 유마곡으로 들어가도록 내버려 둔다.

  팔신궁과 유마곡은 무정도가 마차를 습격하지 않았기 때문에 긴장을 풀 테고, 그 틈을 이용하여 유마곡에 잠입하여 마차의 물건을 훔쳐낸다는 것이다.

그것은 팔신궁의 음모에 허를 찌르는 계획이다. 팔신궁에 타격을 주면서 동시에 팔신궁이 유마곡에 보낸 물건을 훔쳐 냄으로써 두 방파 간의 동조를 깨뜨린다. 그야말로 꿩 먹고 알 먹는 방법이다.

쾌도비는 철황에 혼자 타려고 했다. 조금 전에 은조를 무릎에 앉히고 또 둔부를 쓰다듬다가 어색한 분위기를 만들었기 때문이다.

"소녀도 함께 가면 안 될까요?"

그런데 은조가 조심스럽게 철황 옆으로 다가왔다. 분위기가 어색해졌기 때문에 그것을 타파하려는 의도라는 것을 쾌도비는 깨달았다.

그래서 은조는 현명한 여자다. 그런 것을 모르는 여자는 무식한 것이고, 알면서도 행동하지 않는 여자는 어리석지만, 은조 같은 여자는 알고 행동에 옮기기 때문에 세상에 드문 좋은 여자인 것이다.

스웃—

쾌도비와 은조를 태운 철황은 눈 깜짝할 사이에 지상에서 백여 장 높이로 치솟았다.

그다지 넓지 않은 철황의 등에 은조가 앞에 쾌도비가 뒤에 앉았지만 그는 조금 전 어색함의 잔재가 아직 남아 있어서 그녀를 붙잡아주지 않았다. 그가 만지는 것을 혹시 그녀가 꺼려할 수도 있다고 생각한 것이다.

그렇지만 그는 마음속에 꽁한 감정을 품고 있는 것을 천성적으로 싫어하기 때문에 아까 그 일에 대해서 설명했다.

"나는 은 매하고 좀 더 가까워지려고 그랬던 것이오."

뜬금없이 불쑥 말했으나 총명한 은조는 무슨 말인지 즉시 알아들었다.

"알고 있어요."

그녀는 쾌도비가 아까 그 일에 대해서 마음이 편하지 않다는 것을 알게 되었다. 그리고 그가 이렇게 빨리 말해준 것을 고맙게 생각했다.

"미안해요, 쾌 소협. 소녀의 생각이 짧았어요."

"아니오. 수하들이 보는 앞에서 그랬던 것은 내 불찰이오. 내가 실수한 것이오."

그가 자신의 잘못을 솔직하게 인정하니까 은조는 오히려 미안했다.

"사실 소녀는 수하들이 보는 곳에서 그러는 것이 여간 불편하지 않아요. 쾌 소협하고 단둘이 있을 때는 무슨 짓을 해도 괜찮지만……."

쾌도비의 귀가 솔깃했다.

“무슨 짓을 해도?”

“…….”

쾌도비는 ‘무슨 짓을 해도’ 라는 말에 민감한 반응을 보여서 급히 물었으나 은조는 자신이 뭔가 실언을 한 것 같아서 움찔하며 대답하지 못했다.

“은 매의 말은 우리 둘이 있을 때는 내가 무슨 짓을 해도 괜찮다는 것이오?”

“네…….”

은조는 간신히 대답을 했다. 그녀가 아무리 그런 마음이라고 해도 대답을 하지 않으면 우직한 쾌도비가 알아듣지 못하거나 잘못 생각할 수도 있기 때문이다.

쾌도비는 즉시 확인에 들어갔다.

“지금 우리 단둘이 있는 거 맞소?”

은조는 바짝 긴장했다.

“네…….”

뒤에 앉은 쾌도비의 굵직하고 낮은 목소리가 은조의 귀를 울렸다.

“그러니까 지금 내가 은 매에게 무슨 짓을 해도 괜찮다는 뜻이오?”

“…….”

은조는 설마 쾌도비가 그 말을 당장 실행에 옮길 줄은 예상

하지 못했기에 극도로 긴장해서 몸이 뻣뻣해졌고 목이 잠겨
서 말도 나오지 않았다.

그녀가 대답을 하지 않으니까 쾌도비는 다시 확인했다.

"방금 그 말은 허언이었소?"

"아, 아니에요."

은조가 당황해서 급히 대답하자 쾌도비는 더욱 집요하게
굴었다.

"그럼 지금 내가 무슨 짓을 해도 되는 것이오?"

쾌도비는 여기에서 밀리면 안 된다고 생각했다.

"네……."

은조는 온몸이 단단하게 경직되어 겨우 대답했다.

슥—

"앗!"

그런데 그녀의 대답이 떨어지자마자 쾌도비의 두 손이 겨
드랑이 아래로 두 마리 뱀처럼 미끄러져 들어와서 그녀를 화
들짝 놀라게 만들었다.

그녀는 이제부터 무슨 일이 벌어질 것인지 극도로 긴장했
으나 예상은 빗나갔다.

쾌도비는 아무 행동도 취하지 않고 단지 두 팔로 그녀의 허
리를 감싸 안았을 뿐이다.

"철황아, 마차 위로 가자."

그리고는 철황에게 행선지를 알려주었다.

그래서 은조는 쾌도비에 대해서 또 한 가지 새로운 사실을 알게 되었다.

그는 사랑하는 여자나 사랑하기로 마음먹은 여자에게는 절대 함부로 행동하지 않는다는 사실이다.

그로 미루어 그는 주소옥을 매우 소중하게 여겼을 것이고, 은조에게 역시 그리할 터이다.

또한 그가 호연과 정사를 한 것은 단순히 성욕의 해소였을 뿐이라고 생각했다.

사랑 같은 것은 존재하지 않고 호연은 단순히 그의 정액을 받아내는 정액받이였던 것이다.

[저길 보세요.]

은조가 깜짝 놀라서 급히 전음을 보냈다.

[나도 보고 있소.]

두 사람을 태운 철황은 마차 위 이백여 장 상공에 뜬 상태로 정지비행을 하고 있다.

쾌도비는 방금 은조가 발견한 광경을 그녀보다 먼저 발견하여 살펴보고 있었다.

이수 강가를 따라서 구불구불 뻗어 있는 관도를 천천히 굴러가고 있는 한 대의 마차는 정확하게 여덟 명이 호위하고 있었다.

문제는 마차에서 서쪽으로 십여 리쯤 떨어진 산중에서 삼십여 명에 달하는 고수가 마차가 가고 있는 방향으로 이동하고 있다는 사실이다.

복장을 봐서는 팔신궁의 고수가 분명했다. 아마 북경에서부터 마차를 멀찍이 추격하고 있었던 모양이다.

과연 은조의 짐작이 맞았다. 팔신궁은 마차가 무정도에게 강탈당할 것을 대비하여 함정을 파놓았다.

또한 불과 삼십여 명만으로 무정도를 상대하도록 안배한 것으로 미루어 저들은 팔신궁에서도 최정예 고수가 분명할 터이다.

팔신궁의 삼십여 명은 이백여 장 상공에서 누군가 자신을 굽어보고 있을 줄은 상상도 하지 못한 채 북서쪽으로 이동하고 있다.

[마차를 호위하는 여덟 명은 무상표신과 현무붕신이 아닐지도 몰라요.]

은조는 산중에서 은밀하게 이동하고 있는 삼십여 명이 팔신궁 최정예 고수일 것이라고 짐작했다가 어쩌면 마차를 호위하는 고수들도 그럴 것이라고 추측한 것이다.

[내 생각도 그렇소.]

쾌도비는 잠시 뭔가 생각하다가 전음을 이었다.

[어쩌면 유마곡에서도 마중을 나왔을지도 모르겠소.]

은조는 거기까지는 미처 생각하지 못했다가 깜짝 놀라는 표정을 지었다.

[그럴 수도 있겠군요.]

[가봅시다.]

그는 철황의 갈기를 부드럽게 쓰다듬었다.

"철황아, 북서쪽으로 가보자."

삭—

철황은 방향을 틀어 순식간에 빛처럼 쏘아갔다. 그런데 그 바람에 은조의 몸이 균형을 잃고 기울자 쾌도비는 허리를 안고 있던 팔에 힘을 주어 재빨리 잡았다.

"괜찮소?"

"네……."

은조는 자세를 똑바로 하면서 조그만 목소리로 대답했다.

"엎드리는 자세가 좋겠소."

쾌도비는 그녀가 철황을 타고 하늘로 높이, 그리고 빛처럼 빠른 속도로 미행하고 있는 상황에서도 너무 꼿꼿한 자세인 것을 지적했다. 그렇지만 엎드리라고 한 말에는 아무런 다른 뜻이 없다.

그녀는 어색한 동작으로 상체를 구부정하게 숙였다. 그런데 그녀가 몸을 움직이자 쾌도비는 비로소 자신의 손에 뭔가 부드럽고 커다란, 그리고 물컹한 살덩이가 가득 잡혀 있다는 사실을 깨달았다.

조금 전에 그녀가 균형을 잃었을 때 허리에 감고 있던 손을 급히 고쳐 잡았는데 그때 무의식중에 그녀의 오른쪽 젖가슴을 잡은 모양이다.

그렇지만 그녀가 상체를 숙여 허리를 접자 젖가슴을 움켜잡은 그의 손이 철황의 등에 눌린 상태가 돼서 지금 손을 빼면 그나 은조 둘 다 어색할 것 같아서 단지 젖가슴을 잡은 손을 슬며시 놓으면서 가만히 있었다.

한데 또 다른 문제가 생겼다. 그녀가 상체를 굽히니까 자연히 둔부가 뒤로 돌출되면서 그의 은밀한 부위에 밀착되는 자세가 돼버린 것이다.

하지만 철황의 좁은 등은 공간이 한정되어 있어서 쾌도비로서는 뒤로 물러날 곳이 없다.

그렇다고 방금 전에 상체를 숙이라고 했다가 또다시 상체를 세우라고 할 수도 없으며, 그렇게 하면 추락의 위험이 있어서 그럴 상황도 아니다.

게다가 또 하나의 당면한 문제는 그녀가 상체를 앞으로 숙였으므로 쾌도비도 같이 숙여서 몸을 포개야만 한다는 사실이다.

그녀는 숙였는데 그만 숙이지 않고 있으면 그야말로 언행

불일치가 된다.

쾌도비는 은조가 상체를 납작하게 숙인 자세로 가만히 있는 것을 보고 나직이 한숨을 내쉬고는 그녀 위쪽으로 몸을 굽혀서 겹쳤다.

잠시 후에 은조는 조심스럽게 얼굴을 들고 좌우를 살펴보다가 뭔가 이상하다는 표정을 지었다.

쾌도비의 왼손은 그녀의 가슴에 닿아 있고, 오른손은 철황의 갈기를 잡고 있는데, 또 하나의 손이 그녀의 둔부를 강하게 찌르고 있는 것을 느꼈기 때문이다.

그러나 그녀가 제삼의 손이 무엇인지 깨닫는 데에는 그리 오랜 시간이 걸리지 않았다.

철황은 이미 세 번째로 유마곡까지 갔다가 다시 마차 쪽으로 돌아오고 있는 중이다.

쾌도비와 은조는 마차와 유마곡 사이에 유마곡에서 마중 나온 마도고수들이 있을 것이라고 추측했으나 아직 아무도 발견하지 못했다.

마도고수들이 은밀하게 꼭꼭 숨어 있어서 그런 것은 아니고, 쾌도비와 은조가 시력이 나빠서 발견하지 못하는 것은 더욱 아니다.

둘 다 아래를 살필 정신이 없기 때문이다. 쾌도비가 은조더

러 엎드리라고 했을 때에는 이런 불편한 상황이 될 것이라고
는 예상하지 못했었다.

자신의 둔부를 강하게 찌르고 있는 물체가 무엇인지 알아
차린 은조는 당황하고 부끄러워서 엎드린 채 꼼짝도 하지 못
했다.

그리고 위에서 온몸으로 그녀를 덮듯이 찍어 누른 자세에
서 피치 못하게 제삼의 손으로 그녀의 둔부를 찌르고 있는 쾌
도비는 난감하기 짝이 없는 상황이다.

더구나 시간이 지날수록 제삼의 손은 점점 커지고 또 단단
해져서 찌르는 강도가 더욱 세지는 터에 갈팡질팡 어찌할 줄
을 몰랐다.

그는 호연하고 정사를 하면서 여러 자세를 취했었는데, 그
중에는 지금 두 사람이 취하고 있는 이런 자세도 있었다는 사
실이 자꾸만 생각나는 바람에 욕정이 꺼지기는커녕 점점 더
활활 불타올랐다.

게다가 은조가 찰싹 엎드려서 둔부를 쳐들고 있는 자세라
서 제삼의 손이 활짝 벌어진 둔부의 한복판을 정확하게 찌르
고 있었다.

슥―

그때 은조가 상체를 일으키더니 살며시 그를 돌아보는데
얼굴이 잘 익은 사과처럼 붉었다.

"발견했어요?"

그녀는 쾌도비를 곱게 흘기는 듯한 표정으로 물었다.

"뭘 말이오?"

그녀가 뒤돌아보는 바람에 당황한 그는 어리둥절한 표정을 지으며 반문했다.

"유마곡의 마도고수 말이에요."

"아… 그렇군."

얼떨떨하던 그는 정신이 번쩍 들어 허리를 펴고 허둥지둥 아래쪽을 살펴보기 시작했다.

은조는 그의 순진한 모습에 미소가 저절로 피어났다.

'정말 어린애 같아.'

철황이 마차까지 갔다가 다시 유마곡으로 향하고 있을 때 지상을 살피고 있던 쾌도비는 꿈틀거리는 한 무리의 사람을 발견했다.

"저기 있군."

산중의 깊은 계곡을 따라서 동남쪽으로 이동하고 있는 흑의 경장 차림의 고수인데 삼십여 명 정도다. 쾌도비는 그들이 유마곡의 마도고수일 것이라고 생각했다.

"철황아, 멈춰라."

쾌도비가 철황에게 정지비행을 명령하자 은조는 아래를 굽어보며 살피다가 확신하듯 말했다.

"유마곡 고수들이 분명해요."

마도고수들을 굽어보는 쾌도비는 입가에 흐릿한 미소를 머금었다.

"좋은 생각이 났소."

은조는 궁금한 얼굴로 고개를 돌려 그를 돌아보았다.

"저놈들을 처치합시다."

"네?"

"우리 둘이서 저들 삼십여 명을 감당할 수 없겠소?"

은조는 쾌도비의 뜻을 알아차리고 눈을 빛냈다.

"그럼 쾌 소협의 계획은 저들과 팔신궁 고수들, 그리고 마차를 각각 따로 공격하자는 건가요?"

"그렇소."

은조는 지금 상황에서는 쾌도비의 방법이 더 좋다는 생각이 들어 환한 미소를 지었다.

"좋은 계획이에요."

쪽!

"은 매 덕분이오."

돌아보면서 미소를 짓는 그녀의 모습이 너무 아름답고 귀여워서 그는 기습적으로 입맞춤을 했다.

은조의 눈이 화등잔처럼 동그랗게 커지며 얼굴이 노을처럼 붉어졌다.

철황이 유마곡 마도고수들 머리 위 삼십여 장까지 하강하도록 그들은 추호도 눈치를 못 채고 있었다.

그들은 정확히 삼십이 명이고, 일렬로 늘어서서 계곡 입구 쪽으로 향하고 있으며 그다지 서두르지 않고 천천히 이동했다.

쾌도비는 마도고수들의 선두를, 은조는 후미를 급습한 직후에 둘이 합공하여 나머지 잔당을 처치하자고 미리 말을 맞춰두었다.

쾌도비는 품속에서 비도쾌를 꺼내 오른손에 움켜쥐었고, 은조는 양손으로 양어깨에 메고 있는 한 쌍의 보검을 잡았다.

사아아…….

철황이 마도고수 머리 위 십여 장 높이로 낮게 하강하자 두 사람은 동시에 몸을 날려 각각 선두와 후미를 향해 빠른 속도로 쏘아 내렸다.

쾌도비는 마도고수들의 전방 허공에서 비스듬히 내려꽂히면서 고금제일도를 전개하여 비도쾌에서 발출된 무형의 도강을 긴 띠처럼 만들었으며, 손목을 기묘하게 털듯이 슬쩍 슬쩍 흔들어서 그것이 찰나지간에 큰 폭으로 구불구불 휘어지게 했다.

후우…….

고금제일도 특유의 창룡이 한숨을 내쉬는 듯한 음향이 허공에 흐르자 마도고수들은 흠칫했으나 단지 그것뿐, 어떤 동작도 취하기 전에 무형도강이 들이닥쳤다.

파아아―

무형도강이 빛처럼 빠르게 구불거리면서 선두의 마도고수 다섯 명의 목을 한꺼번에 잘라 버렸다.

그들은 그저 앞만 살피면서 달리다가 누군지도 모를 적에게 당하고 만 것이다.

쾌도비는 얼마 전까지만 해도 발출된 무형도강이 너무 빨라서 제대로 제어하지 못했었다.

그래서 적들을 겨냥한 상태에서 무조건 발출하여 목이나 몸뚱이를 닥치는 대로 베었다.

그러면 적을 일거에 죽이지 못하고 두 번째로 손을 써야 하는 번거로움이 발생했었다.

그러나 지금은 목을 겨냥했으며 다섯 명 모두 정확하게, 그리고 한순간에 목이 잘렸다.

삼라만상비를 성공한 이후 소요장 인근 야산에서 보름 동안 전력으로 연마를 한 덕분이다.

쾌도비가 마도고수 선두 다섯 명을 쓰러뜨리는 거의 같은 시간에 후미에서 내려꽂힌 은조가 양손의 쌍검을 눈부시게 휘둘러 검기를 발출하여 순식간에 마도고수 세 명의 급소를 찌르고 베었다.

스사아아— 파파팍!

"크액!"

"컥!"

여의루의 검법은 마구잡이로 자르고 베는 것이 아니라 주로 적의 급소만을 노리기 때문에 거의 피를 보지 않으며 온전한 모습의 시체를 남긴다.

난데없이 급습을 당한 데다 상대가 누군지도 모르는 상황인 마도고수들은 전열이 흩어지며 마구 소리를 질러댔다.

급습으로 찰나지간에 유마곡 마도고수 여덟 명을 죽인 쾌도비와 은조는 지상에 내려서기도 전에 여세를 몰아 선두와 후미에서 두 번째 공격을 전개했다.

쐐애액! 쉬익! 쉭!

쾌도비는 어느새 비도쾌를 품속에 넣고 창룡도를 뽑아 강맹하게 북두인을 전개했으며, 은조는 천하오대검법 중 하나인 여의비류검을 전개했다.

임독양맥이 소통된 쾌도비의 북두인은 쾌속함과 위력이 예전에 비해서 세 배 이상 고강해졌다.

그는 마도고수들을 상대하는 데 구태여 비쾌법을 전개할 필요를 느끼지 못했다.

마도고수들을 과소평가하는 것이 아니라 그가 상대적으로

고강해졌으므로 북두인이면 충분하다고 판단했다.

쉬카아—

실제로 창룡도는 그가 예상했던 것보다 더 빠른 속도로 마도고수들 사이를 누볐다.

유마곡이 팔신궁의 계획에 동조하여 고수를 파견했다면 오합지졸을 보내지는 않았을 것이다.

이들은 유마곡의 일급고수일 텐데도 쾌도비 앞에서는 한낱 허수아비나 다름이 없었다. 그저 우왕좌왕하다가 쾌도비가 스쳐 지나가면 목이 뎅겅뎅겅 잘라지면서 우르르 앞다투어 쓰러졌다. 그들의 무공이 약해서가 아니라 쾌도비가 너무 강한 것이다.

유마곡 마도고수들은 창졸간에 급습을 당하고 그 직후에는 선두와 후미에서 쾌도비와 은조가 태풍처럼 들이닥치면서 공격을 퍼붓자 절반이 죽어 자빠질 때까지도 정신을 차리지 못하고 허둥지둥했다.

제대로 정신을 바짝 차리고 덤벼도 이들 삼십이 명으로는 쾌도비와 은조를 당해내지 못할 텐데, 하물며 이런 상태로는 일각도 버티지 못한다.

은조가 전개하고 있는 여의비류검은 군더더기가 전혀 없는 간명하면서도 쾌속한 공격위주의 검법이다.

그녀는 성격상 일단 공격을 펼치면 대강 하는 법 없이 전력을 다한다.

상대가 약하다고 지레 짐작하여 얕보고 전력을 다하지 않다가 돌이킬 수 없는 상황을 초래할 수도 있다는 사실을 잘 알고 있기 때문이다.

그녀의 실력은 과연 쾌도비가 임독양맥을 소통하기 전보다 훨씬 고강했다.

지금이라고 해도 그녀는 쾌도비에 비해서 반 수 정도 차이가 날 정도다.

그러나 쾌도비에겐 불가사의한 도법인 비쾌법이 있으므로 그녀가 아니라 강호육비라고 해도 그를 쉽사리 어떻게 하지는 못할 터이다.

불과 다섯 호흡 만에 쾌도비와 은조는 마도고수 이십칠 명을 주살했다.

쾌도비가 무려 열여덟 명의 목을 자르고, 은조가 아홉 명의 급소를 찌르거나 베어서 죽였다.

살아남은 자는 겨우 다섯 명뿐이다. 그들은 아직까지도 쾌도비와 은조의 얼굴조차 제대로 보지 못한 상태에서 공포에 질려 공격할 엄두조차 내지 못하고 비칠비칠 사방으로 물러나기에 바빴다.

쐐애액! 쉬이익!

쾌도비와 은조는 숨 쉴 틈을 주지 않고 여세를 몰아 창룡도와 쌍검을 그어갔다.

파파아아—

"끄윽!"

"흐악!"

쿠쿵!

그런데 쓰러지는 자가 네 명뿐이다.

"저기, 도주하고 있어요!"

은조가 가리키는 방향에 마도고수 한 명이 사력을 다해서 도망치고 있는 모습이 보였다.

"소녀에게 맡기세요."

"됐소."

은조가 신형을 날리려는 것을 쾌도비가 만류하면서 비도쾌를 꺼냈다.

그러는 사이에 죽을힘을 다해서 달리는 마도고수는 이십여 장 밖을 도주하고 있다.

쾌도비는 비도쾌를 오른손에 올리고 삼라만상비의 구결을 외우면서 오른팔의 공력을 본신의 공력과 합일시켰다.

은조는 의아한 표정을 지으며 지켜보았다. 그가 비도쾌를 꺼냈을 때에는 그것을 던져서 도주하는 마도고수를 거꾸러뜨리려는 것이라고 짐작했었다.

그러나 쾌도비는 비도쾌를 던지려고 하지 않고 손바닥에

올려놓고는 지그시 마도고수를 주시하고만 있으니까 은조로서는 그의 의도를 짐작하지 못했다.

지잉―

그런데 은은하게 징을 울리는 음향이 울리는가 싶더니 쾌도비 손바닥에 있던 비도쾌가 감쪽같이 사라졌다.

"아……."

은조는 흠칫 놀라며 반사적으로 마도고수를 쳐다보았다.

그런데 이미 이십오 장 밖을 달려가고 있던 마도고수가 앞으로 거꾸러지고 있으며 그의 머리는 허공에 그대로 떠 있는 것이 아닌가.

은조가 눈을 크게 뜨고 지켜보고 있는 가운데 번쩍! 하고 검푸른 섬광 한 줄기가 그녀를 향해 곧장 쏘아왔다.

"앗!"

그녀는 크게 놀라서 피하려고 하는데 섬광이 목전에서 씻은 듯이 사라져 버렸다.

그녀가 눈을 동그랗게 뜨고 다시 한 번 쳐다보자 마도고수는 이미 바닥에 엎어져 있고, 그의 잘려진 머리가 그제야 몸 위로 떨어지고 있었다.

이게 도대체 어찌 된 영문인지 몰라서 어리둥절한 얼굴로 쾌도비를 돌아보던 은조는 그의 오른손 손바닥 위에 비도쾌가 얌전하게 놓여 있는 것을 발견하고는 더욱 크게 놀라 얼굴색이 변했다.

"아……."

그녀는 비도쾌를 보면서 방금 전에 자신이 목격했던 광경을 반추해 보다가 어떤 놀라운 사실을 깨닫고 부지중 탄성을 터뜨렸다.

"설마… 방금 그게 이기비도술이었나요?"

쾌도비는 엷은 미소를 지으며 고개를 끄떡였다.

"그런 것 같소."

"세상에……."

은조는 심중의 경악을 다스리지 못하고 탄식 같은 경탄을 터뜨렸다.

"도대체 쾌 소협의 무위는 얼마나 고강한 건가요?"

은조에게 칭찬을 듣는 쾌도비는 어색하긴 해도 기분이 좋아서 벙긋 웃었다.

"나도 잘 모르겠소."

사실 그도 자신의 무공 수위가 정확하게 어느 정도 수준인지 모르고 있다.

은조는 감탄과 놀라움을 얼굴에서 지우지 못하고 그를 바라보았다.

"정말 쾌 소협은 소녀를 계속 놀라게 하는군요."

그는 은조가 '쾌 소협'이라고 부르자 불현듯 생각나는 것이 있었다.

"나는 그대를 은 매라고 부르는데 그대는 나를 여전히 쾌소협이라고 하는군."

은조는 그가 갑자기 화제를 바꾸었으나 짚고 넘어가야 할 부분이라고 생각했다.

"그럼 뭐라고 부르죠?"

쾌도비는 생각해 둔 것이 있지만 자신의 입으로 말하기가 쑥스러워서 고개를 흔들었다.

"나도 잘 모르겠소. 은 매가 생각해 보시오."

은조는 서로 가까워지려는 쾌도비의 노력을 느꼈다.

"그럼 소녀는 쾌 가가라고 부르겠어요."

그녀는 이런 애정적인 관계에서는 자신이 능동적인 성격이 아니라서 두 사람 사이를 가깝게 만드는 데 도움이 되지 못하기 때문에, 이런 식의 쾌도비의 노력에 최대한 협조해야 한다고 마음먹었다.

쾌 소협에서 쾌 가가는 진일보한 호칭이지만 쾌도비는 자신이 원하는 호칭이 아니라서 마뜩찮은 표정을 지었다.

"그대는 위 형에게도 가가라고 부르지 않소?"

은조는 쾌도비가 자신과 위걸을 구분하고 싶어 하는 마음을 알아차리고 기뻤다.

그렇지만 은조로서는 '가가' 보다 더 친근한 호칭이 생각나는 것이 없어서 난감한 표정을 지었다.

"그럼 뭐라고 부를까요?"

주위에는 머리와 몸뚱이가 분리된 시체들이 어지럽게 널려 있지만 두 사람은 아랑곳하지 않고 서로 뭐라고 부를 것인가에만 골몰했다.

"은 매는 장차 나의 무엇이 되고 싶소?"

쾌도비는 자신이 생각해 둔 호칭이 은조 입에서 나오도록 유도하려고 초강수를 두었다.

하지만 방금 한 말은 그가 유도하고 있는 호칭보다 훨씬 더 충격적인 내용이다. 이른바 벼룩 한 마리 잡으려고 초가삼간을 태우는 격이다.

"소녀는……."

은조는 난데없는 말에 얼굴이 빨개져서 고개를 숙이고 옷자락만 만지작거렸다.

제 딴에는 똑똑하다고 자부하는 헛똑똑이 쾌도비는 가슴을 내밀면서 독촉했다.

"대답을 하지 않는 것은 장차 나하고는 아무 인연도 맺지 않고 싶다는 뜻이오?"

배가 산으로 가고 있는데도 그 자신은 모르고 있다.

총명함이 과잉한 은조지만 헛똑똑이하고 지내다 보니까 그녀도 두루뭉술한 성격이 되는 듯했다. 그의 엄포 아닌 엄포에 깜짝 놀라서 급히 대답했다.

"당신의 아내가 되고 싶어요."

"크흠!"

마침내 기대하던 대답이 나오자 쾌도비는 기고만장해서 짐짓 호통을 쳤다.

"그렇다면 지어미가 지아비를 뭐라고 불러야 하오?"

"여… 여보라고……."

'여보?'

난데없는 호칭에 쾌도비는 흥분해서 코까지 벌름거렸다.

젊은 연인이나 아내가 정인이나 남편을 지칭하는 좋은 호칭이 있는데도 쾌도비의 호통에 정신이 혼미해진 은조는 엉뚱한 대답을 하고 말았다.

쾌도비는 질주본능을 느꼈다. 그리고 여기에서 멈추면 도로아미타불이라고 판단했다.

"그, 그럼 불러보시오."

"……."

은조는 자기가 '여보'라고 대답을 해놓고서도 불러보라니까 귓바퀴까지 빨개져서 어쩔 줄 몰랐다.

"어허!"

쾌도비는 마치 혼인한 지 삼사십 년은 된 부인을 다루듯이 큰소리로 꾸짖었다.

　시체가 득실거리는 계곡에서 난데없는 호칭쟁투가 벌어지고 있는 중이다.

"그래도!"

쾌도비의 호통이 두 번째 이어지자 은조는 찔끔해서 몸을 옹송그리며 급히 대답했다.

"여보."

'흐이그!'

쾌도비는 심장이 터질 것 같은 기쁨을 감추려고 애쓰면서 점잖게 대꾸했다.

"왜 그러오, 마누라?"

쾌도비는 '여보'에 대응할 만한 호칭이 '마누라' 밖에 생각나지 않았다.

그의 화답에 은조는 귀와 목덜미까지 빨개져서 고개를 푹 숙였다.

천하에 존재하고 있는 지식을 머릿속에 다 담고 있으면 뭐하겠는가. 사랑하는 사내의 엄포 한마디에 머릿속이 다 비어버린 그녀다.

사실 쾌도비는 그녀가 '쾌 랑'이라고 불러주기를 원했고 자신은 '조아'라고 부르려 했었다.

그런데 폭주를 하는 바람에 졸지에 삼사십 년 함께 산 부부 같은 호칭을 부르게 되었다.

"험! 앞으로는 그렇게 부르시오."

"네."

은조는 고개를 들지 못하고 대답하고선 조금 머뭇거리다
가 기어드는 목소리로 말했다.

"쾌 소협께선……."

"음?"

"여, 여보께선 소녀… 아니, 천첩에게 말씀을 놓으세요."

마침내 쾌도비의 독주에 그녀도 편승하고 말았다. 스스로
를 '소녀'라 지칭하지 않고 부인들이 자신을 일컫는 '천첩'
이라고 했다.

"그… 럴까?"

"네."

"알았다."

존대를 하다가 하대로 바꾸면 그만큼 가까운 사이가 된다
는 것은 잘 아는 사실이다.

은조는 수줍으면서도 기쁜 미소를 짓고 고개를 들어 그를
바라보았다.

쾌도비는 조금 전 창공에 떠 있을 때하고 지금이 완전히 다
른 세상처럼 여겨졌다.

또한 그때의 은조보다는 지금의 그녀가 훨씬 더 가까운 사
람 같았다.

　그렇게 유마곡 마도고수 삼십이 명을 주살한 피비린내 나는 계곡에서 풋풋한 사랑이 무르익었다.

　"철황아."

　나직한 부름에 하늘에 떠 있던 철황이 오래전부터 그곳에 있었던 것처럼 두 사람 앞에 내려앉았다.

　"마누라, 타자."

　"네, 여보."

　이곳에 내려오기 전에는 쾌 소협과 은 매였던 두 사람은 여보와 마누라가 되어 하늘로 날아올랐다.

第七十二章

토진간담(吐盡肝膽)

—간과 쓸개를 모두 내뱉는다

마차가 유마곡으로 들어간 후에 잠입하여 마차의 물건을 훔쳐내자는 은조의 계획은 없었던 일이 되었다.

쾌도비와 은조는 마차를 뒤따르고 있는 팔신궁 고수 삼십여 명까지 처치하기 위해서 철황을 타고 이동했다.

여의사령과 열 명의 여의고수에게는 은밀히 멀찍이에서 팔신궁 고수들을 미행하라 이르고는 두 사람은 급습하기 좋은 적기를 노리느라 철황에 타서 창공 높은 곳에서 내려다보았다.

그런데 어느 순간 지상을 굽어보면서 살피던 쾌도비가 갑자기 움찔 놀라는 표정을 지었다. 그가 몸을 떠는 것이 은조에게도 생생하게 전해졌다.

아까보다는 훨씬 밀착된 자세로 앞쪽에 타고 있는 은조는 의아한 표정으로 쾌도비를 뒤돌아보았다.

[무슨 일이에요?]

그러나 쾌도비는 대답하지 않고 이백여 장 아래 지상에서 북쪽으로 움직이고 있는 삼십여 명 중에 선두 쪽의 한 인물에게만 시선을 고정하고 있었다.

[여보, 무슨 일이에요?]

몇 번 부르다 보니까 '여보' 라는 호칭이 금세 입에 밴 은조는 걱정스러운 표정을 지었다.

쾌도비는 설마 그가 이곳에 있을 줄은 추호도 예상하지 못했었다.

지금 그가 굳은 얼굴로 뚫어지게 주시하고 있는 인물은 팔신궁의 제이인자 네 명의 무적용신 중 한 명인 백호궁주, 즉 그의 친부 예건후다. 몇 번을 자세히 살펴봐도 예건후가 분명했다.

팔신궁이 무정도를 잡으려고 함정을 파서 정예 고수들을 보냈을 것이라고는 짐작했으나, 설마 이 인자인 무적용신을 우두머리로 보냈을 줄은 예상하지 못했다. 더구나 백호궁주 예건후라니.

은조는 쾌도비의 표정이 너무 심각해서 다시 묻지 않고 조용히 기다렸다.

쾌도비는 예건후를 용서하지 않았다. 다만 그 당시에는 차마 그를 죽일 수 없어서 그냥 나와 버렸다.

하지만 그것이 예건후에게는 용서를 받은 것으로 비쳐질 수도 있는 일이다.

또한 그때 쾌도비는 급한 김에 요령의 속곳으로 얼굴을 가렸었기 때문에 예건후는 그의 얼굴을 모른다. 다만 목소리를 들으면 알아볼 수도 있다.

철황은 예건후 일행 이백여 장 상공에서 정지비행을 하고 있으며 쾌도비는 예건후에게서 시선을 떼지 않은 채 얼굴이 돌덩이처럼 굳은 상태로 시간이 흘러갔다.

예건후 일행이 산등성이를 내려와 벌판으로 들어섰다. 벌판은 사방이 탁 트였으며 폭이 삼백여 장 정도다.

벌판을 건너면 다시 험준한 산속으로 들어가서 급습을 하기에 좋지 않은 상황이 될 터이다. 급습을 하려면 지금 하는 것이 좋다.

[준비됐어?]

문득 쾌도비의 눈빛이 강렬해지면서 은조에게 전음으로 물었다.

[네, 여보.]

이런 상황에서 듣는 은조의 '여보'라는 호칭이 쾌도비에게 큰 힘이 되었다.

[마누라는 후미를, 내가 선두를 친다. 최초의 급습에 최대한 타격을 입혀야 한다.]

[네.]

[저들은 유마곡보다는 훨씬 강할 거야. 위급하면 철황을 불러서 하늘로 날아올라.]

[알았어요.]

[마누라, 간다.]

[네, 여보.]

아직 혼인도 하지 않은 두 사람은 부창부수처럼 철황과 한 몸이 되어 내리꽂혔다.

쾌도비는 예건후의 일은 그 당시의 일로 매듭을 지었다고 스스로를 다독였다.

그러므로 지금 마주친 예건후는 그의 친부가 아닌 팔신궁의 백호궁주일 뿐이다. 즉, 타인이고 적이기 때문에 죽일 것이라고 다짐했다.

기실 팔신궁은 이번의 마차 호송에 궁의 총력을 쏟아부었다고 해도 과언이 아니다.

이곳 유마곡으로 향한 마차뿐만 아니라 다른 네 개의 마차에도 부궁주 세 명과 장로 두 명이 최정예 고수들을 이끌고 암중에서 따르고 있는 중이다.

팔신궁주 무황천신은 무정도가 이번 마차 호송을 반드시 강탈할 것이라고 확신했던 모양이다.

예건후가 직접 임무를 맡아서 팔신궁 밖으로 나온 것은 실로 오랜만의 일이다.

그도 한때는 팔신궁 최하위인 무극사신이었던 시절이 있었다. 그 시절에는 매일이 임무의 연속이었으며 하루하루가 생과 사의 갈림길이었다.

그는 이십이 세에 팔신궁에 입궁하여 사십사 세에 이 인자인 무적용신의 지위에 올랐다.

이십이 년 만에 무려 여섯 등급이나 승급한 예는 팔신궁이 개궁(開宮)한 이래 그가 최초였기에 그는 아직까지도 팔신궁뿐만 아니라 강호 일각에서 입지전적인 인물로 인구에 회자되고 있다.

무적용신 백호궁주가 된 지 사 년여. 부궁주 중에서 가장 어린 나이인 그는 이번 임무를 끝으로 팔신궁에서 물러나기로 결심했다.

그날, 자신의 아들이라고 확신하는 복면인이 다녀간 이후 그는 모든 꿈과 야망을 접었다.

팔신궁에 입궁한 그가 이십삼 년 전에 두 번째로 부임한 곳이 낙양분궁이었다.

당시 그는 이십오 세의 팔팔하고 잘생긴 전도양양한 청년이었으며 수많은 소녀와 여인이 그의 주위로 몰려들어 사랑을 얻으려고 아우성이었다.

사실 그는 고향 북경에 부인과 딸 하나가 있었으나 수천 리 먼 낙양분궁에서의 생활이 너무 외로웠다.

그래서 만난 사람이 고아 소녀인 지연이었다. 그는 지연을 보는 순간 한눈에 반해 버렸다.

그녀는 고아였기에 성도 없이 그저 지연이라는 이름으로 불렸었다.

예건후는 총각 행세를 하며 지연과 살림을 차렸고 두 사람은 낙양분궁과 주위 사람들이 부러워하는 한 쌍의 신혼부부로서 행복한 한때를 보냈었다.

그러나 그런 생활은 채 이 년을 넘기지 못했다. 낙양분궁에서의 눈부신 활약 덕분에 그는 이 년 만에 팔신궁 본궁으로 돌아오라는 명령을 받은 것이다.

그는 마침내 자신이 인정을 받았으며 본궁으로 돌아가서 욱일승천해야겠다는 야망에 불타올랐다.

그래서 울면서 매달리는 지연을 온갖 감언이설로 달래서 떼어놓고 낙양을 떠났었다.

지연과의 꿈속 같던 생활이 아쉽지 않은 것은 아니었으나

그보다는 언젠가는 사신 중 하나인 팔신궁의 최고가 되겠다
는 야망이 더 컸던 것이다.

그렇지만 얼마 전 한밤중에 일어났던 그 충격적인 일련의
사건은 예건후의 모든 것을 한순간에 붕괴시켜 버렸다.

그때 그는 아들에게 죽을 수도 있었다. 까마득하게 망각하
고 있었던 낙양의 지연에게 아들이 있었다는 사실도 놀라웠
지만, 그 아들이 훌륭하게 성장하여 아비인 자신을 죽이러 왔
다는 사실에 깊은 감명과 절망을 동시에 맛보았다.

그때 그는 자신이 한 여인에게 얼마나 큰 죄를 저질렀는지
를 절실하게 깨달았다.

그래서 지연이 죽었으며 그녀가 아들에게 친아버지를 죽
이라는 유언을 남겼다는 말을 들었을 때 추호도 반항하지 않
고 조용히 목을 내밀었던 것이다.

그러나 아들은 그를, 아니, 아비를 죽이지 않았다. 어찌 보
면 강해 보이지만 알고 보면 아들도 지연처럼 마음이 여린 것
이 분명했다.

예건후가 낙양을 떠날 때 지연이 울며 매달리면서도 끝내
붙잡지 못했던 것처럼, 아들도 죽이라고 목을 내미는 아버지
를 끝내는 죽이지 못한 것이다.

예건후가 아들 나이였고 또 입장이 바뀌었다면 그는 한순
간도 망설이지 않고 자신과 어머니를 버린 비정한 아버지를

죽였을 것이다. 설혹 상대가 친아버지라고 해도 말이다.

아니, 모친과 자식을 버리고 떠나 버린 아버지이기에 더 죽이고 싶어졌을 것이다.

어쨌든 예건후는 이번 임무를 끝으로 팔신궁을 떠나 오랫동안 돌보지 못했던 북경의 두 자식과 함께 오붓하게 살면서 말년을 보내려고 결심했다.

한 번도 안아준 적이 없는 아들이 죽이지 않고 살려준 목숨이니 가치 있게 써야겠다는 생각을 했다.

야망 때문에 지연과 아들을 버렸으니까 그 야망을 미련 없이 버리는 것이다. 그렇게 하는 것이 속죄의 작은 시작이라고 생각했다.

그나저나 당금 강호에서 모두들 한 목소리로 떠들어대고 있는 무정도라는 인물이 누구인지 예건후는 개인적으로 그를 한 번 만나보고 싶었다.

예건후는 이십사 년 동안 고군분투하여 팔신궁의 이 인자가 되고서도 입지전적인 인물이라는 소리를 듣는데, 무정도는 불과 이 년도 못 된 짧은 시기에 강호, 아니, 천하를 들썩이게 만드는 굉장한 영웅으로 부상했으니, 남자 대 남자로서 무정도를 한번 만나보고 싶은 것이다.

그는 이번에 은퇴하면 시집간 딸 정(晶)아네 식구를 거둘 생각이다.

그의 딸 예정(叡晶)은 야망에 들떠서 바깥으로만 돌아다닌 아비의 보살핌을 제대로 받지 못하고 성장하다가 어느덧 혼기가 차서 혼인을 하여 분가했었다.

북경 외곽 이류방파의 무술사범으로 있다는 사위를 예건후는 혼인식 날 딱 한 번 봤었다.

수하를 시켜서 조사한 바에 의하면 사위의 인품은 나무랄 데 없는 호인이고 무공은 그저 그런 수준이며 월 녹봉은 겨우 은자 열 냥이라고 했었다.

예건후는 이번 임무를 마지막으로 은퇴하면 모아둔 돈을 다 털어서 어디 경치 좋은 곳에 그럴싸한 장원을 지어 딸 예정이네 식구와 아들 예림(叡琳)과 다 함께 오순도순 살아야겠다고 생각했다.

'장원을 지으려면 어디가 좋을까……'

예건후는 그런 생각을 하면서 걸으며 문득 시리도록 눈부신 하늘로 시선을 주었다.

"……!"

그런데 바로 그때 지상에서 십오륙 장 높이 허공에서 하나의 흑영이 추호의 기척도 없이 머리를 아래로 한 자세로 쏜살같이 하강하고 있는 것을 발견하고 움찔했다.

찰나지간에 예건후는 자신이 헛것을 봤을지도 모른다고 생각했다.

하지만 머릿속 한편으로는 만약 저것이 헛것이 아니라면 무정도의 습격, 즉 저자가 무정도가 틀림없을 것이라는 직감이 스쳐갔다.

그러나 그는 소리를 질러서 수하들에게 위험을 알릴 겨를이 없었다.

흑영이 어느새 전방의 오 장 높이까지 쇄도하면서 오른손에 쥐고 있는 작은 칼을 휘두르고 있는 광경을 목격했기 때문이다.

또한 그는 본능적으로 반격은 불가하며 무조건 피해야 한다고 판단했다.

마치 천신인 양 눈부신 하늘에서 뚝 떨어져 내리면서 공격해 오는 적을 상대로 반격하는 행위가 부질없을 것이라고 순간적으로 판단한 것이다.

"……"

그가 다급히 오른쪽으로 몸을 날리면서 고개를 돌리는 순간 왼쪽 어깨 어림으로 번쩍! 하고 검푸른 섬광이 스쳐 지나는 것이 보였다.

파아아…….

그리고 바로 뒤쪽에서 매우 경미한 음향이 흘렀다. 산들바람이 고즈넉이 나뭇잎을 흔드는 듯한 음향이다.

그러나 예건후는 방금 자신의 왼쪽 어깨를 스쳐간 검푸른 섬광이 뒤따르는 수하들을 베고 있는 섬뜩한 음향이라는 것을 직감했다.

그렇지만 그는 뒤돌아볼 수가 없었다. 전방 허공에 아직도 흑영이 쇄도해 오고 있을 것이라고 생각하기 때문이다.

하지만 그때 흑영, 즉 쾌도비는 이미 예건후 머리 위를 지나쳐서 뒤쪽의 고수들에게 재차 고금제일도의 무형도강을 발출하고 있었다.

쾌도비는 가장 선두에서 걷고 있는 예건후를 비롯하여 최초에 다섯 명을 겨냥하여 고금제일도를 전개했었다. 즉, 예건후를 죽이겠다고 결정을 한 상태에서의 공격이었다.

그리고 그것이 성공할 것이라 확신하고 다음 표적들을 향해 두 번째 고금제일도를 전개한 것이다.

그러나 쾌도비는 설마 예건후가 그 순간 우연히 하늘을 올려다보다가 자신을 발견하고 또 급습하는 것까지 알아차릴 줄은 예상하지 못했었다.

쾌도비가 전개한 최초의 고금제일도는 다섯 명을 겨냥했으나 예건후를 제외한 네 명이 목이 잘렸다.

그들의 목에서 머리가 미처 분리되기도 전에 쾌도비는 예건후 머리 위를 낮게 깔려 지나치면서 두 번째 고금제일도를 전개했으며, 팔신궁 고수들은 앞선 동료들이 당했다는 사실을 깨닫지도 못한 상태에서 또다시 네 명의 머리가 몸뚱이에서 떨어져 나갔다.

지금 예건후가 이끌고 있는 이들 무리 중에서 가장 고강한 인물은 물론 무적용신 예건후이고, 그 다음이 팔신궁의 세 번째 등급인 환우봉신이 두 명이며, 네 번째 등급 섬광호신이 네 명, 그리고 나머지는 사해웅신과 무상표신들로 이루어져 있었다. 가히 팔신궁의 최정예 고수들이었다.

그렇지만 급습을 추호도 감지하지 못한 상황에서는 삼 등급인 환우봉신이나 육 등급 무상표신의 차이는 없었다. 다만 죽음 앞에서 평등할 뿐이다.

쾌도비는 이 싸움에서만큼은 처음부터 계속 고금제일도를 전개하고 있다.

유마곡보다 팔신궁을 더 높게 평가하고 또 팔신궁에서 최정예 고수들을 보냈을 것이라고 판단했기 때문이다.

그러므로 자연히 고금제일도를 전개하는 데 있어서 유마곡의 마도고수들을 죽일 때보다 더욱 강력한 공력을 쏟아붓고 있다.

그것은 어쩌면 그가 지나치게 예건후를 의식하기 때문인지도 모른다.

이 순간 쾌도비의 두 눈은 핏빛으로 물들었으며 입에서는 으르렁거리는 듯한 소리를 흘리면서 오른팔의 공력을 본신의 공력에 보태어 전력으로 고금제일도의 무형도강을 발출해서

신들린 듯이 흔들어대고 있다.

파파아아…….

눈에 보이지도 않는 무형도강이 마치 하늘에서 천벌이 내리듯 팔신궁 고수들을 휘저었다.

"끅!"

"컥!"

좌충우돌하는 쾌도비의 주위에서 답답하고 어지러운 신음성이 터져 나왔다. 그리고 그 신음성들이 그를 더욱 흥분하게 만들었다.

사아… 사삭…….

팔신궁 고수들이 제아무리 고강하다고 해도 쾌도비가 전력으로 전개하는 고금제일도의 무형도강을 피하거나 막아낼 수는 없다.

유마곡의 마도고수들처럼 이들 역시 쾌도비의 상대가 되지 못했다.

창졸간에 벌어진 급습 탓에 간신히 무기를 뽑은 자는 극소수이고 대부분 자신의 무기에 손조차 대지 못한 상태에서 죽어갔다.

"여보! 그만하세요!"

어느 순간 은조의 날카로운 외침이 터져서 쾌도비는 동작을 뚝 멈추었다.

그는 비도쾌를 오른손에 움켜쥐고 아직도 살심이 가시지 않아 어깨를 낮게 들먹이며 천천히 주위를 둘러보았다. 은조는 오 장쯤 떨어진 곳에 쌍검을 쥔 채 서 있고, 팔신궁 고수는 죄다 쓰러져 있었다.

그런데 팔신궁 고수는 하나같이 목이 잘려 있는데 그뿐만이 아니라 땅바닥에 널려 있는 그들의 몸뚱이와 머리들이 하나도 온전한 것 없이 도막도막 잘려져 있었다.

쾌도비는 자신이 그들을 다 죽였는 데도 지나치게 흥분하여 이미 죽은 시체들을 향해 고금제일도 무형도강을 전개하여 도막을 냈다는 사실을 깨달았다.

문득 쾌도비의 시선이 한곳에 머물렀다. 그가 최초에 고금제일도를 전개하여 스쳐 지나왔던 곳인데 그곳에 예건후가 검을 뽑아 쥐고 장승처럼 우뚝 서 있는 모습이 보였다.

그는 자신이 전개한 최초의 고금제일도에 예건후가 죽었을 것이라 생각하고 두 번째 고금제일도를 전개하면서 그를 지나쳤었다. 아니, 어쩌면 그의 죽음을 확인하고 싶지 않았었는지도 모른다.

예건후를 쳐다보는 그의 표정이 짧은 시간에 여러 차례 수시로 변했다.

"천첩이 죽이고 올게요."

은조가 사근거리듯이 말하고는 예건후를 향해 신형을 날

려 쏘아갔다.

만약 예건후가 쾌도비의 친아버지라는 사실을 그녀가 알고 있었다면 죽이고 오겠다는 말 따윈 절대로 하지 못했을 것이다.

"그만!"

쾌도비의 짧고 나직한 외침에 은조는 뚝 멈추고 되돌아왔다. 하지만 왜 만류했는지는 묻지 않았다.

쾌도비는 예건후를 죽여야 한다면 다른 사람 손을 빌리고 싶지 않고 자신의 손으로 죽여야 한다고 생각했다.

그때 예건후가 쾌도비와 은조 쪽을 향해서 천천히 걸어오기 시작했다.

쾌도비는 예건후의 얼굴에서 시선을 떼지 않고 뚫어지게 주시했다.

그런데 문득 그는 예건후의 표정이 이상하다고 느꼈다. 그는 조금도 두려워하거나 굳은 얼굴이 아니다. 오히려 해탈한 고승처럼 편안한 표정을 하고 있었다.

예건후는 나란히 서 있는 쾌도비와 은조의 삼 장 전면에 마주 보고 멈춰 섰다.

"귀하가 무정도요?"

그것이 그의 일성이었다. 조용하면서도 힘이 실린 나직한 목소리였다.

쾌도비는 가볍게 고개를 끄떡였으나 아무 말도 하지 않았다.

예건후는 슬쩍 은조를 쳐다보며 말했다.

"그렇다면 소저는 여의루의 소루주인 여의천비 은조 소저겠구려."

상대가 정중하게 나오자 은조는 포권을 해 보였다.

"소녀가 여의루의 은조에요. 당신은 누군가요?"

"하하하! 불초는 팔신궁의 백호궁주 예건후라 하오."

쾌도비의 미간이 슬쩍 좁아졌다.

'웃어?'

예건후는 수하가 모조리 죽었으며 그들을 죽인 것이 무정도와 여의천비라는 사실을 알면서도 추호도 두려워하지 않고 초연한 태도를 보였다.

"당신은 마치 우리 두 사람을 만난 것이 매우 기분 좋아 보이는군요?"

은조가 의아한 표정으로 묻자 예건후는 고개를 끄떡였다.

"그렇소."

"어째서 그런지 이유를 물어봐도 될까요?"

예건후는 두 팔을 약간 벌려 보이면서 여유 있는 표정을 지었다.

"마지막 임무에 이 시대 최고의 영웅인 무정도와 북여의

여의천비를 한꺼번에 만났으니 이보다 더 큰 행운이 어디에
있겠소?"

그의 말은 전혀 거짓처럼 들리지 않았다. 그리고 그가 그런
말을 할 줄은 예상 밖이었다.

또한 그의 말은 쾌도비와 은조에게 작고 신선한 충격을 안
겨주었다.

"무정도가 여의천비와 함께 있을 것이라는 본 궁의 예상은
과연 적중했소."

"당신은 죽는 것이 두렵지 않나요?"

은조는 그렇게 묻지 않을 수가 없었다. 그녀의 물음에 예건
후는 미소까지 지었다.

"어차피 나는 죽었어야 했을 목숨이었소."

"무슨 뜻이죠?"

예건후는 손을 저었다.

"내 개인적인 일이오."

하지만 쾌도비는 그의 말뜻을 안다. 어차피 죽었어야 했을
목숨이라는 것은 쾌도비에게 죽었어야 했을 목숨이라는 뜻일
게다.

어쩌면 지금 예건후가 초연한 태도를 보이고 있는 원인이
그것 때문일 수도 있다는 생각이 들었다.

"사실 나는 팔신궁에서 은퇴해서 가족들과 여생을 보내려

고 했었소. 그런데 궁주께서 이번 마차를 호위하는 임무를 무사히 마치면 보내주겠다고 한 것이오.”

은조는 씁쓸한 표정을 지었다.

“하지만 우린 당신을 살려줄 수가 없어요.”

예건후는 빙그레 미소 지었다.

“나는 살려달라고 빌지 않겠소. 전력을 다해서 싸우다가 힘이 부치면 깨끗이 죽을 것이오.”

“당신은 꽤나 특이한 사람이군요? 그리고 좋은 사람인 것 같아요.”

은조는 자신의 느낌을 솔직하게 말했다. 하지만 그녀는 ‘당신의 성격은 내가 알고 있는 어떤 사람과 매우 닮았군요?’라는 심중의 말까지는 하지 않았다.

그녀가 알고 있는 어떤 사람이 바로 옆에 있는 쾌도비이기 때문이다.

그녀가 보기에 예건후와 쾌도비는 성격이 많이 닮은 것 같았다. 하지만 그런 말을 들으면 쾌도비가 불쾌하게 여길 수도 있다.

그때 문득 그녀는 예건후를 보다가 전혀 새로운 사실을 발견했다.

‘이럴 수가… 저 사람 모습이 여보하고 너무 닮았어.’

예건후가 쾌도비하고 외모가 닮았다는 사실을 그제야 알

아차린 것이다.

그녀는 만약 쾌도비가 나이를 먹으면 지금 예건후의 모습이 될 것이라는 생각이 들었다.

쾌도비는 은조가 자신과 예건후의 얼굴을 번갈아 보면서 놀라는 것을 보고 그녀가 무슨 생각을 하고 있는지 대충 짐작하고 씁쓸한 기분이 되었다.

지금 그는 조금 전까지 온몸 가득 지니고 있던 살심이 씻은 듯이 사라진 상태다.

만약 살심이 충만했을 때 예건후가 눈에 띄었다면 생각할 것도 없이 공격을 퍼부었을 것이다.

이것은 참으로 묘한 일이다. 처음에 예건후를 만났을 때에는 차마 그를 죽이지 못했었다.

그런데 두 번째 그를 발견하여 죽이기로 결심했는데 어찌된 일인지 죽이지 못했다. 이것을 도대체 어떻게 설명을 해야 한다는 말인가.

그는 지금 자신이 완전히 이성을 되찾았으므로 예건후를 죽이지 못할 것이라는 사실을 인정했다.

그렇지만 이런 식으로 뜨뜻미지근하게 서로를 쳐다보면서 서 있을 수는 없는 노릇이다.

"당신은 그만 가보시오."

그는 예건후에게 손짓을 해 보였다.

난데없는 말에 은조와 예건후 둘 다 놀라는 표정으로 그를
쳐다보았다.

은조는 쾌도비가 예건후를 죽이지 않는다는 말도 안 되는
사실에 놀랐으나, 예건후는 그의 목소리를 단번에 알아듣고
놀란 것이다.

그러나 은조는 쾌도비의 이상한 결정에 어떤 이견도 달지
않았다.

언제부턴가 그녀는 그의 결정에 무조건적으로 따르게 되
었다. 그것은 어쩌면 그가 호연 방에서 나오던 날 밤에 그의
고백을 듣고 나서, 자신이 그를 사랑하고 있다고 역으로 고백
을 한 이후부터였을 것이다.

예건후는 마치 귀신을 본 것처럼 그의 얼굴 가득 극도의 경
악과 불신이 혼재되어 떠올랐다.

그는 이곳에서 쾌도비의 목소리를 두 번 들었다. 은조가 그
를 죽이려고 할 때 쾌도비가 ‘그만’ 이라고 말한 것이 처음이
었고, 방금이 두 번째다.

처음 목소리는 짧았고 외침이었기에 제대로 알아듣지 못
했으나 방금 목소리는 확실하게 알아들었다.

그날 밤 그에게 찾아와서 지연의 죽음과 유언을 말하면서
아비를 죽이려 했으나 끝내 죽이지 못했던 아들의 목소리가
분명했다.

설혹 죽어서 무덤 속에 누워 있다고 해도 그는 절대로 아들의 목소리를 잊지 못할 터이다.

분노와 괴로움에 떨면서 아비를 질타하던, 불쌍한 그러나 훌륭하게 성장한 아들과의 첫 만남을 어찌 죽어서라도 잊을 수가 있으랴.

예건후는 쾌도비의 얼굴에서 시선을 떼지 못한 채 가늘게 몸을 떨며 수시로 표정이 여러 번 변했다.

그러나 쾌도비는 더할 수 없이 싸늘한 얼굴로 그를 쏘아보다가 외면을 하고 비스듬히 먼 하늘을 바라보았다.

휘이이…….

한 줄기 삭풍이 벌판을 휩쓸고 지나갔지만 세 사람은 그 자리에서 꼼짝도 하지 않았다.

그렇게 열 호흡의 시간이 지났을 때 비로소 예건후의 입가에 희미한 미소가 피어났다.

그는 자신이 아들에게 완전히 용서를 받았다는 중요한 사실을 깨달았다.

그는 비록 별것도 아닌 야망을 위해서 임신한 여인과 태중의 아들을 버리고 떠난 씻지 못할 죄를 지었으나, 아들은 그런 아비를 용서하는 자비를 베풀었다. 실로 아들이 아비보다 훨씬 나은 것이다.

더구나 그 아들이 온천하가 입을 모아 칭송하는 영웅 무정

도였을 줄은 터럭만큼도 상상하지 못했었기에 못난 아비의
마음은 한량없이 기쁘고 행복했다.

그리고 그는 아까 은조가 쾌도비를 '여보'라고 부르는 것
을 똑똑하게 들었다.

그로 미루어 천하 절대 미의 화신인 북여의 남자봉의 여의
천비가 아들의 부인인 것이 분명했다.

버리고 온 여인과 아들에게 쌀 한 톨 보태준 것이 없는 못
난 아비지만, 그 아들이 이렇게 훌륭한 인물로 성장했으니 이
제 죽어도 여한이 없다.

"다시는 강호에 발을 들이지 마시오."

예건후의 두 눈에 그렁그렁 감격의 눈물이 차오르고 있을
때 쾌도비가 무뚝뚝하게 툭 내뱉었다.

예건후는 흐뭇한 미소를 지으면서 쾌도비를 바라보았다.

"나는 방산(房山)이라는 곳에 장원을 짓고 두 자식과 함께
은거할 생각일세."

그는 아까까지만 해도 은퇴하면 어디에 머물 것인가를 고
민했으나 방금 아주 좋은 곳이 생각이 났다.

그곳은 예건후의 고향이며 방산 예씨들의 집성촌이다. 아
들의 용서 덕분에 그곳이 불현듯 생각났다.

그리고 그는 자신이 은거하여 어디에서 살 것인지를 아들
에게 말해주었다.

솔직히 그것은 과욕이다. 자신을 용서해 준 아들이 한 번만이라도 찾아와 주기를 원하기 때문이다.

그때 뒤쪽에서 파공성이 들려와 쳐다보니 여의사령과 열 명의 여의고수들이 이쪽으로 달려오고 있었다.

예건후는 쾌도비의 대답을 듣고 싶었으나 더 머물 수 없음을 깨닫고 마지막으로 아쉬운 눈빛으로 바라보았다. 그러나 쾌도비는 쳐다보지도 않았다.

예건후는 다시 은조를 쳐다보았다. 말없는 시선이었으나 이미 사태를 어느 정도 짐작한 은조는 부드럽게 미소 지으면서 고개를 끄떡였다.

그리고는 예건후는 몸을 돌려 북경 방향으로 달리기 시작했다. 그가 첫 걸음을 내디딜 때 두 눈에 고여 있던 눈물이 후드득 쏟아졌다.

第七十三章

원철골수(怨徹骨髓)

—원한이 골수에 사무친다

쾌도비와 은조가 유마곡으로 향하고 있는 마차를 강탈하
는 일은 손바닥을 뒤집는 것보다도 쉬웠다. 물론 마차를 호위
하던 팔신궁의 여덟 고수는 모두 죽었다.

은조는 여의사령과 여의고수들에게 마차를 내주어 가까운
마을에서 마차의 물건을 다른 마차로 옮겨 실은 후에 소요장
으로 돌아가라고 지시했다.

"속하는 가지 않겠습니다."

그런데 뜻밖에도 우령이 항명하고 나섰다.

"소루주를 혼자 보낼 수는 없습니다."

예견후의 일 때문에 기분이 별로 좋지 않은 쾌도비는 굳은 표정으로 대꾸했다.

"그녀는 혼자가 아니다."

어제까지만 해도 쾌도비는 우령에게 존대를 했으나 지금은 은조에게 하대를 하는 마당에 그녀에게 하대를 못할 이유가 없다.

"그것과 이것은 달라요."

"다르지 않다."

쾌도비는 완고했다. 그러나 우령은 물러날 생각이 추호도 없는 것처럼 보였다.

"지난번에 소루주께서 쾌 소협을 처음 만났을 때 하마터면 소루주께선 변을 당할 뻔하셨어요."

우령은 조목조목 따지고 설명하듯이 말했다.

"상대가 쾌 소협이었기에 다행이었으나 차후 그런 일이 또다시 일어나지 말라는 법은 없어요."

"네가 있다고 달라질 것은 없다."

은조는 두 사람의 입씨름을 지켜보기만 했다. 그녀로서는 두 사람의 입장을 다 이해하기 때문이다.

여의사령주인 우령으로서는 소루주를 최측근에서 호위하지 않았다가 무슨 일이라도 일어나면 천추의 한이 될 것이고, 은조와 단둘이 있고 싶은 쾌도비로서도 물러설 수 없는 한판이다.

그렇지 않아도 우령으로서는 지금까지 은조가 쾌도비와 단둘이만 다녔기 때문에 걱정이 태산이었다. 그래서 이제라도 그것을 바로잡으려고 하는 의지가 역력했다. 그리고 그녀는 마침내 최후의 승부수를 던졌다.

"차라리 속하를 죽이세요."

쾌도비는 세 사람이 타기에는 철황의 등이 좁을 것이라고 예상했으나 우령이 셋이 충분히 타고도 남는다고 우기고 은조도 미소를 지으면서 수긍을 해서 어떻게든 셋이서 철황 등에 욱여 타긴 했다.

철황은 하늘 높이 솟구쳐 올랐다가 위걸과 북황도 고수들을 찾아 나섰다.

위걸 등이 마차를 습격하기 전에 팔신궁의 음모를 알려줘야 하기 때문이다.

하지만 위걸 등은 유마곡보다 하루 정도 거리가 먼 마연궁(魔鳶宮)으로 향하는 마차를 추격하고 있으므로 시간적으로 그들이 마차를 아직 발견하지 못했을 가능성이 크다.

은조가 맨 앞에, 그리고 두 번째는 우령이, 그리고 쾌도비가 맨 뒤에 앉았다.

쾌도비의 체구가 가장 커서 은조와 우령 두 사람을 합친 것보다 더 큰 공간을 차지한다.

더구나 끄트머리에 앉았기 때문에 자칫하면 뒤로 떨어질 염려가 있어서 어쩔 수 없이 우령의 어깨를 꼭 붙잡고 있어야만 했다.

철황이 워낙 높게 그리고 쾌속하게 날기 때문에 상체를 납작하게 숙이고 있어야 한다.

그래서 은조와 우령은 바짝 엎드려 있지만 쾌도비는 우령을 안아야 하는 것이 부담스러워서 상체를 어정쩡하게 세운 자세로 그녀의 어깨만 잡고 있다.

우령은 여장부지만 지상에서 수백 장 높이에서 빛처럼 빠르게 나는 철황을 타고는 자신도 모르게 두 눈을 꼭 감고 죽자 사자 은조를 끌어안고 있다.

모두에게 다행한 것은 철황이 창공으로 날아 오른 지 이각 만에 위걸 일행을 찾아냈다는 사실이다.

위걸과 북황도 고수, 즉 북황고수 삼십여 명은 북경을 출발하여 동남쪽으로 이틀 동안 거의 쉬지도 않고 달리고 있는 중에 쾌도비 등이 탄 철황이 전방에 내려앉자 비로소 달리기를 멈추었다.

"쾌 형! 무슨 일이오?"

위걸은 한 걸음에 달려와서 놀란 얼굴로 쾌도비와 은조, 우령을 번갈아 쳐다보았다.

"계획을 약간 바꿔야겠소."

"어떻게 말이오?"

은조가 팔신궁의 함정에 대해서 설명하자 위걸은 그다지 놀라지 않았다.

"그것 때문에 여기까지 온 것이오?"

"그렇소. 우리와 위 형이 함께 마차를 공격하는 것이 좋을 것 같소."

"그쪽은 어떻게 됐소?"

은조가 미소 지으며 대신 대답했다.

"깨끗하게 해결했어요."

"하하하! 정말 잘됐군."

위걸은 호탕하게 웃었다.

"팔신궁이 제아무리 함정을 팠다고 해도 쾌 형과 은 매가 도와준다면 나머지 마차들을 때려잡는 것은 손바닥을 뒤집는 것이나 다름이 없소!"

*　　*　　*

한 쌍의 남녀가 북경 성내 북문인 덕승문에 나타났다.

두 사람은 행인들이 몇 번이나 쳐다볼 정도로 뛰어난 선남

선녀였으며, 둘 다 일신에 비단 백의 경장을 입고 어깨에는 고색창연한 검을 한 자루씩 메고 있었다.

두 사람은 누군가를 찾기 위해서 오늘 하루 종일 북경 성내를 발이 닳도록 돌아다니고 있는 중이다.

"삼 사형, 저기 들어가서 뭘 좀 먹어요."

이십대 초반의 여자가 하화지 앞에 있는 주루를 가리키며 말하자 그녀보다 서너 살 많아 보이는 청년은 선선히 고개를 끄떡였다.

천은루(天恩樓)라는 다소 특이한 이름의 주루 앞에는 수양버들이 늘어졌으며 하화지의 잔잔하고 그윽한 풍경이 펼쳐져 있어서 한 폭의 그림을 연상하게 했다.

차륵—

"어서 오십쇼!"

일남일녀가 들어서자 십오륙 세쯤의 소년 점소이가 활달한 목소리로 맞이했다.

주루는 일 층에 열다섯 개 정도의 탁자를 갖춘 제법 큰 규모였지만 손님이 가득 차 있어서 일남일녀는 어디에 앉아야 할지 실내를 두리번거렸다.

"이 층으로 갈까?"

"이 층은 예약석입니다, 손님. 소인이 일 층에 자리를 잡아 드리면 어떻겠습니까?"

청년이 계단을 가리키자 두 사람을 맞이했던 소년이 환한 미소를 지으면서 창문 쪽을 가리켰다.

"일 층 창 쪽도 경치가 좋은 것 같아요."

"그렇습니다. 저쪽 자리에서는 하화지의 백조와 청둥오리 떼가 호수 위를 헤엄치는 풍경이 잘 보입니다. 풍경을 감상하시는 요금은 따로 받지 않습니다."

우스갯소리를 곧잘 하는 소년은 쪼르르 앞서 달려가서 창가 자리에 혼자 앉아서 식사를 하고 있는 흑의 경장을 입은 여자에게 두 손을 비비며 미리 양해를 구했다.

"저, 손님. 합석을 하시면 음식 값을 두 푼 싸게 해드리겠습니다."

얼굴이 유난히 희어서 입고 있는 새카만 흑의 경장하고는 대조적이며 온몸에서 겨울 삭풍이 풀풀 풍겨 나올 것처럼 싸늘한 표정의 흑의녀는 묵묵히 식사를 하면서 쳐다보지도 않은 채 고개를 끄떡였다.

척!

소년 점소이에게 간단한 요리를 주문한 일남일녀의 백의녀는 우아한 동작으로 품속에서 한 장의 종이를 꺼내 탁자에 펼쳤다.

"너, 혹시 이런 사람 본 적이 있느냐?"

주문을 받고 주방으로 가려던 소년이 발길을 돌려 되돌아오자 창 쪽에 앉은 백의녀가 흰 손가락 사이에 낀 은자 한 냥을 보여주며 미소 지었다.

"본 적이 있다면 이걸 너에게 주마."

사실 일남일녀는 종이에 그려진 한 사람을 찾기 위해서 낙양에서 북경까지 왔다.

그리고 이곳에 도착한 이후 열흘 동안 북경 성내를 발이 부르트도록 돌아다녔으나 종이에 그려진 사람을 봤다는 사람은 아무도 없었다.

백의녀가 종이, 즉 전신을 탁자에 꺼내놓은 것은 밑져야 본전이라는 식이지 소년에게 뭘 기대하지는 않았다.

그런데 전신을 본 소년이 움찔 놀라는 모습을 백의녀는 결코 놓치지 않았다.

"본 적이 없습니다."

소년은 곧 침착함을 되찾고 고개를 가로젓고는 주방 쪽으로 발길을 돌렸다.

탁!

소년의 표정이 순간적으로 변하는 것을 놓치지 않은 또 한 사람 백의 청년이 소년의 팔을 완강하게 움켜잡았다.

"아… 아파요……."

소년은 팔이 부러질 것 같은 고통에 얼굴을 일그러뜨리며 신음을 흘렸다.

백의 청년은 소년의 뒷목을 움켜잡고 강제로 종이의 그림을 보게 하면서 윽박지르듯 물었다.

"목이 부러지기 전에 다시 한 번 똑똑히 봐라. 정말 본 적이 없는 얼굴이냐?"

소년은 목이 부러질 것 같은 고통으로 일그러진 얼굴에 굵은 눈물을 뚝뚝 흘렸으나 고통스러운 표정을 지으면서도 모르쇠로 일관했다.

"으으으… 모릅니다… 아아… 너무 아파요……."

전신에 그려져 있는 사람은 소년을 포함한 이곳 주루에 매달려 있는 모든 사람이 죽음으로 지켜야 할 은인인 것이다.

주루 안의 모든 사람이 식사나 대화를 멈추고 주시했으며, 지금 고통을 당하고 있는 소년 또래의 주루 일을 돌보고 있는 다른 소년과 소녀들은 크게 놀라서 주위로 우르르 몰려들었다.

"무슨 일이십니까, 손님?"

회계대에 있던 청년 한 명이 소년과 소녀들을 헤치면서 부리나케 달려왔다.

"너는 뭐냐?"

지금까지 점잖았던 백의 청년의 태도가 돌변했다. 그는 회계대에서 달려온 청년을 무섭게 노려보았다.

"소인은 이곳 주인입니다만… 이 아이가 무엇을 잘못했는지 모르지만 너그러이 용서해 주십시오."

이곳 천은루의 젊은 주인인 청년 맹탁은 탁자에 펼쳐져 있는 종이의 그림을 봤으나 아무런 표정의 변화도 보이지 않았다.

사실 그는 방금 전에 이곳으로 달려오면서 이미 탁자의 종이를 힐끗 봤었다.

그래서 종이 속의 그림이 자신들의 은인인 쾌도비라는 사실을 한눈에 알아보았다.

또한 백의를 입은 일남일녀가 그림 속의 사람을 찾고 있다는 것과 백의 청년에게 뒷목이 붙잡힌 소년이 그림을 보고 순간적으로 얼굴 표정이 변하는 것을 일남일녀에게 들켰을 것이라고 미루어 추측을 했다.

일남일녀, 즉 천절문의 소문주인 영호빈과 삼 공자 백무평은 주루 주인이라는 청년이 종이의 그림을 보고서도 표정이 변하지 않는 것을 보고 그를 족쳐 봐야 나올 것이 없다고 판단했다.

슥—

"이 아이는 우리가 데리고 가겠다."

백의 청년이 일어서더니 소년의 뒷목을 잡은 상태로 입구

쪽으로 끌고 가자 백의녀는 탁자의 전신을 챙겨서 품속에 갈무리했다.

"대형… 아아……."

소년 군(君)아는 뒷목이 잡힌 채 끌려가면서 고통과 두려움에 흐느껴 울었다.

"두 분! 부디 그 아이를 용서해 주십시오! 돈을 원하신다면 드리겠습니다!"

"우리가 강도인 줄 아느냐?"

백무평을 뒤따르는 영호빈이 쨍 하게 외쳤다.

"그럼 대체 왜 이러시는 겁니까? 이 아이는 소인의 동생입니다! 동생이 죄도 없이 끌려가는데 소인이 보고만 있어야 합니까?"

맹탁은 앞으로 달려가서 죽을지 살지도 모르면서 백무평을 가로막으며 하소연했다.

"비켜라."

백무평이 걸음을 멈추고 조용히 말했으나 맹탁은 꿈쩍도 하지 않았다.

"대가! 여기!"

그때 뒤쪽의 소년 하나가 맹탁에게 급히 대감도 한 자루를 건네주었다.

맹탁은 쾌도비가 북두인 일 초식 십이변 도법을 가르쳐 준

이후 하루도 쉬지 않고 맹연습을 해왔다.

그 덕분에 주루에서 돈푼이라도 뜯어가려고 찝쩍거리던 주위의 하오배나 건달들을 준비해 둔 목검으로 두들겨 패서 간단히 쫓아 보낼 수 있었고 지금까지 구리돈 한 푼도 뺏긴 적이 없었다.

스응…….

맹탁은 천천히 도를 뽑으면서도 얼굴에는 애원의 표정을 지우지 않았다.

"제발 내 동생을 용서해 주십시오. 서로 다치는 것은 원하지 않습니다."

백무평은 가소롭다는 듯 코웃음을 쳤다.

"하하하! 네깟 놈이 감히 천절문의 삼 공자인 나 옥수일검(玉手一劍)을 다치게 한다는 말이냐?"

맹탁의 안색이 하얗게 탈색되었다. 그는 동생들과 콧구멍만 한 하오문을 꾸려봤었기에 천절문이 사신육비의 하나라는 사실을 잘 알고 있다.

그러므로 그가 비록 쾌도비에게 북두인을 배웠다고는 하지만 천절문의 삼 공자라는 옥수일검이 독수리라면 그는 참새, 아니, 하루살이에 불과하다. 그렇지만 군아가 끌려가는 것을 보고 있을 수만은 없다.

맹탁은 더 이상 애걸하지 않았다. 대신 두 눈에서 불을 뿜

듯 하며 낮게 으르렁거렸다.

"낙양의 천절문은 명문정파라고 알고 있습니다만 어찌하여 한낱 선량한 사람을 괴롭히는 것입니까?"

"이놈이?"

"선량한 백성을 괴롭히는 무리는 하오문이나 화적뿐입니다. 그렇다면 천절문은 하오문입니까?"

맹탁의 말은 구구절절이 옳아서 백무평은 일순 항변할 말을 찾지 못했다.

게다가 싸늘한 느낌에 둘러보니 주루 내의 모든 사람이 두려워하면서도 경멸의 시선으로 주시하고 있었다.

백무평보다 안면이 두껍지 못한 영호빈은 자신들의 후안무치한 행동을 깨닫고 얼굴이 뜨거워졌다. 이런 짓은 그녀가 이날까지 살아오면서 배운 정의와 협의에 명백히 위배되기 때문이다.

"물러서지 않으면 죽이겠다."

그러나 영호빈보다 강호 경험이 풍부하고 목적을 위해서라면 수단과 방법을 가리지 않는 성격인 백무평은 맹탁을 쏘아보며 으름장을 놓았다.

"죽이려면 죽이십시오. 그러면 천절문이 백주대낮에 무고한 백성을 죽였다고 천하에 소문이 퍼질 것입니다."

슥―

맹탁은 초강수를 두었다.

용감하게 내뻗으면서 수중의 도를 두 손으로 움켜잡고 천천히 머리 위로 치켜들었다. 네가 날 죽이지 않으면 공격하겠다는 배수진의 각오다.

이날까지 그는 이런 식으로 동생들을 지켜왔으니 오늘 이 순간이라고 다를 게 없다.

슉!

퍽!

"왁!"

와지끈!

도대체 백무평이 어떻게 어떤 수법으로 발을 뻗었는지 본 사람은 아무도 없다.

그런데도 그의 발끝은 정확하게 맹탁의 명치를 걸어찼다.

맹탁은 단말마의 비명을 지르면서 뒤로 붕 날아가 회계대를 박살 내며 바닥에 나뒹굴었다.

"끄으으……."

맹탁은 입과 코에서 꾸역꾸역 피를 흘리면서 일어서려고 버둥거렸으나 끝내 축 늘어지고 말았다.

"대가!"

"형님!"

소년과 소녀들이 울부짖으면서 쓰러져 있는 맹탁에게 우르르 달려들었다.

그리고 백무평은 소년 군아의 뒷목을 잡은 채 주루 밖으로 걸어 나갔고 영호빈은 착잡한 표정으로 뒤따라 나갔다.

주루 안은 태풍이 휩쓸고 지나간 것처럼 난장판으로 변했다. 그리고 그 태풍으로 인해서 한 사람이 죽었다.

소년소녀들은 두 눈을 부릅뜬 채 크게 벌린 입안에 피가 가득 고여서 죽은 맹탁 주위에 무릎을 꿇고 앉아서 하염없이 눈물을 흘리며 절규를 터뜨렸다.

우당탕!

"무슨 일이냐?"

그때 주루의 뒷문이 열리면서 소아가 한손에 도를 움켜쥔 채 구르듯이 달려 들어오면서 소리쳤다.

그녀는 맹탁의 배려로 아무 일도 하지 않았다. 대신 집 안에 따로 마련한 수련실에서 하루 종일 북두인을 연마해 왔었다.

쾌도비에 의해서 임독양맥이 소통된 그녀의 현재 무위는 강호인으로 봤을 때는 삼류 수준이지만, 그녀나 맹탁 등이 보는 견해로는 대단한 고수였다.

소년소녀들이 울며불며 늘어놓는 몇 마디를 듣자마자 소아는 도를 쥐고 그대로 주루 밖으로 뛰쳐나갔다.

소아는 맹탁을 죽인 원수, 군아를 강제로 끌고 가는 무뢰배 일남일녀를 쉽게 찾아냈다.

맹탁이 당한 것을 목격한 군아가 끌려가면서 고래고래 악을 쓰며 울부짖었기 때문이다.

백무평이 군아의 아혈을 짚어서 더 이상 떠들지 못하게 만들 때 뒤에서 날카로운 외침이 터졌다.

"원수! 그 자리에 서라!"

소아는 곧장 일직선으로 돌진하면서 전력을 다해 북두인을 전개했다.

뒤돌아보던 영호빈은 흠칫했다. 낯선 소녀가 공격해 오는 기세가 예사롭지 않다고 판단한 그녀는 즉시 검을 뽑아 반격에 나섰다.

쉬익!

푹!

"끅!"

그러나 영호빈이 뻗은 검은 너무도 간단하게 낯선 소녀의 목을 깊숙이 찔러 버렸다.

낯선 소녀 소아의 북두인이 제아무리 위맹하다고 해도 천절문 소문주인 영호빈을 당해낼 수는 없는 일이다.

영호빈은 자신의 검이 소녀의 목을 너무도 간단하게 찔렀다는 사실에 스스로 놀라면서 당황한 표정을 지었다.

공격해 오는 기세로 봐서는 최소한 일류고수 이상이었는데 이제 보니 삼류도 못 되는 수준이었던 것이다.

"끄으으… 너희… 이 천하의 악당들……."

영호빈은 자신의 검에 목이 찔린 소아가 입에서 꾸역꾸역 피를 토하고 또 두 눈에서도 피눈물을 흘리면서 원한에 가득 찬 표정을 짓고 중얼거리는 모습을 안색이 해쓱해져서 바라보기만 했다.

"끄으으… 처… 천벌을… 받을 것이다……."

사형과 함께 무고한 사람을 둘씩이나 죽인 영호빈은 천벌이라는 말에 움찔 놀라며 검을 거두었다.

털썩!

목에서 분수처럼 핏물을 뿜으며 땅에 쓰러진 소아는 가녀린 몸을 푸들푸들 떨더니 곧 잠잠해졌다.

백무평과 영호빈은 뒷덜미가 붙잡힌 소년 군아가 소아의 죽음을 보고는 미친 듯이 발작하면서 입에서 게거품을 토해내는 것을 보며 착잡한 표정을 지우지 못했다.

그때 십여 장 거리에 있는 천은루에서 몇 명의 소년과 소녀들이 비명을 지르면서 달려왔다.

자신들의 정신적 지주인 맹탁과 소아를 졸지에 잃은 그들의 눈에는 아무것도 보이는 것이 없었다. 그들은 땅에서 돌을 주워 백무평과 영호빈에게 던지거나 맨몸으로 돌진하면서 울부짖었다.

"으아악! 우리마저 죽여라! 이 천하의 악한들아!"

"이놈들아! 하늘이 무섭지 않느냐!"

백무평이 한 손만을 써서 날아드는 돌을 쳐내고 덤벼드는 소년과 소녀들을 밀쳐내자 그들은 강풍에 휩쓸리는 풀잎처럼 와르르 뒤로 쓰러졌다.

백무평이 쓰러진 소년과 소녀들을 굽어보며 귀찮다는 듯 차갑게 말했다.

"이 아이를 찾고 싶으면 녹평장(綠萍莊)으로 와라."

영호빈은 대로의 수많은 사람이 경멸의 표정으로 자신들을 지켜보는 시선을 의식하고 백무평의 옷자락을 잡아당겼다.

"어서 가요."

죽은 소아의 시체를 부둥켜안고 서럽게 흐느껴 우는 소년과 소녀들을 뒤에 남겨두고 걸어가는 백무평과 영호빈의 마음은 너무도 착잡했다.

하지만 절대로 무정도를 포기할 수는 없었다.

조금 전에 백무평과 영호빈이 합석했던 자리 맞은편에 앉아 있던 흑의녀는 열어놓은 창을 통해서 방금 한 소녀가 목에

검이 찔러서 죽는 광경을 똑똑히 목격했다.

'쾌도비가 틀림없었어.'

그녀는 조금 전 영호빈이 탁자에 펼쳐놓았던 전신의 그림을 보는 순간 쾌도비라는 것을 한눈에 알아보았다.

그 전신의 그림은 쾌도비가 주소옥을 낙양 천절문에 데려다줄 당시에 그를 직접 봤던 여러 사람의 입을 통해서 그렸기에 비교적 정확했다.

흑의녀는 천천히 일어났다. 주루 안에 있던 손님은 다 나가고 그녀와 울부짖고 있는 소년과 소녀들, 그리고 죽어 있는 주루 주인 청년만 남아 있다.

흑의녀는 울고 있는 소년소녀들 뒤로 가서 한동안 서 있다가 낮게 기침을 했다.

"흠!"

소년소녀들이 돌아보자 흑의녀는 그 자리에 한쪽 무릎을 꿇고 앉으며 최대한 친근한 표정을 지으려고 애쓰면서 입을 열었다.

"나는 쾌도비의 친구란다."

순간 소년소녀들의 얼굴에 커다란 놀라움과 반가움이 교차되어 떠올랐다.

흑의녀는 내심 제대로 짚었다고 쾌재를 불렀으나 내색하지 않고 매우 슬픈 표정을 지으려고 애썼다.

“쾌도비에 대해서 내게 말해준다면 내가 저 사람의 복수를
해주마.”
흑의녀, 즉 흑심녀가 가리키고 있는 사람은 죽은 맹탁이다.

『무정도』 8권에 계속…

“쾌도비에 대해서 내게 말해준다면 내가 저 사람의 복수를

마 in 화산
魔
FANTASTIC ORIENTAL HEROES
용훈 新무협 판타지 소설

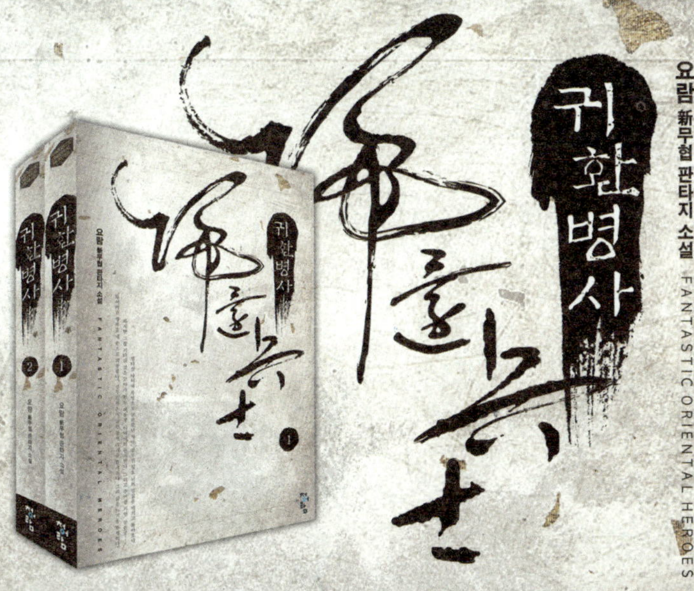

요람 新무협 판타지 소설 FANTASTIC ORIENTAL HEROES
귀환병사
귀환병사

유행이 아닌 자유추구 -
WWW.chungeoram.com

FUSION FANTASTIC STORY

HUNTER MOON

헌터 문

이훈 장편소설

보름달이 떠오르면 밤의 사냥이 시작된다.
헌터문(Hunter-Moon), 사냥꾼의 달.

귀계의 밤이 열리며 저물지 않는 달이 떠올랐다.
실체 없는 힘을 좇아 명맥을 이어온 퇴마사들,

이제 그들로 인해 세상이 뒤바뀐다.
[미녀들과 귀신 탐험대]의 사이비 퇴마사 예웅종과
그의 가족들이 펼치는 좌충우돌 퇴마기.

"퇴마사는 얼어 죽을! 그거 다 쇼야!"
"저기 하늘에 구멍이 뚫렸는데요?"
"으잉?"

Book Publishing CHUNGEORAM

유령이 아닌 자유추구
WWW.chungeoram.com

허담 新武俠 판타지 소설
FANTASTIC ORIENTAL HEROES

수선경

水仙經

작은 샘이 바다로 모여들 듯,
만류의 법이 하나로 회귀하듯,
다섯 개의 동경이 드디어 하나로 모인다.

검을 만드는 사람과
검을 쓰는 사람,
그리고 검을 버리는 사람의 이야기!

천명을 타고 태어난 청풍과 강검산
그리고 혈로를 걸어온 살수 타유,
그들이 다섯 줄기의 피의 숙명과 마주한다.

Book Publishing CHUNGEORAM

유행이 아닌 자유추구 —
WWW. chungeoram.com